读者
Duzhe Jinghua Wenzhai
精华文摘

与世界温柔相待

陈晓辉　一路开花◎主编

煤炭工业出版社
·北 京·

图书在版编目（CIP）数据

与世界温柔相待／陈晓辉，一路开花主编．--北京：煤炭工业出版社，2015（2023.1 重印）

（读者精华文摘）

ISBN 978-7-5020-4944-7

Ⅰ.①与…　Ⅱ.①陈…　②一…　Ⅲ.①散文集—中国—当代　Ⅳ.①I267

中国版本图书馆 CIP 数据核字（2015）第 206828 号

与世界温柔相待

主　　编　陈晓辉　一路开花
责任编辑　马明仁
责任校对　郭浩亮
封面设计　宋双成

出版发行　煤炭工业出版社（北京市朝阳区芍药居 35 号　100029）
电　　话　010-84657898（总编室）
　　　　　010-64018321（发行部）　010-84657880（读者服务部）
电子信箱　cciph612@126.com
网　　址　www.cciph.com.cn
印　　刷　北京飞达印刷有限责任公司
经　　销　全国新华书店

开　　本　710mm×1000mm 1/16　印张　13 1/2　字数　170 千字
版　　次　2015 年 10 月第 1 版　2023 年 1 月第 8 次印刷
社内编号　7790　　定价　46.00 元

把生活过成最美的诗句

雪 炘

他是为数不多，没被我的直接尖锐吓跑，而每次都表现得很绅士的男生。

他家离我住的地方不远，当我将他挑剔到无力反击的时候，他说见面吧。既然那么有缘，我也闲来无事，见面谈谈无妨。

他说他想了好几天，见到我要聊什么，可见面还是显得很沉默。

我说，你平时生活中就这么不爱说话吗？

他说，大抵如此吧。

我心想，这样才好，因为他说话直接到让你吐血。比如，他见到我第一句话是，你的身体状况比我想象中严重很多。

我点点头，微笑，因为感觉没法接。

他又杀出第二句，你能说话吗？

我脑子里"嗡嗡"作响，气流从鼻孔涌出，却只能继续微笑。

他马上接着问，你笑什么？

我笑着摇摇头，说，我们还是走走吧。

夏天清晨的校园有轻凉的风，我却感觉太阳照在肌肤上，有一种灼烈的想逃脱的感觉。走到阴凉处，他很仔细地擦擦石椅，和我并排坐下来。这次好像好了一些，我们开始聊新闻和电影。可没过多久，我又无法去接他那独特的言辞，我们便继续漫步。

再遇阴凉处，他又掏出纸巾，仔细擦着凳子，然后走向垃圾桶。我们坐在树下，开始聊生活和感情，这次感觉好了很多。微风拂过草地，树上的虫子不断落在我身上，他一个一个捉走。

我问，为什么虫子不落在你身上？

他说，因为你是香的，我是臭的，它也懂得吃香的喝辣的。

我瞬间要跪着感谢上苍，原来也给了他幽默细胞。

后来相处久了才发现，他说话总是那么不紧不慢、面无表情，但每句话都能让你笑到半死。他对人的关照，自然中透着细致，细致到会默默抚平你发间的疲惫。

他会把你爸、你妈，改说成叔叔、阿姨。每次出门，他都会把沿途的垃圾收集在一个袋子里，然后找垃圾箱放进去。如果道路狭窄，他就将我拉到旁边，让别人先过。如果是晚上，他会提醒我，说话小声点，别打扰别人休息……

我从他身上清晰感受到一个词——教养。

有个朋友说，教养不是道德规范，也不是小学生行为准则，其实也并不跟文化程度、社会发展、经济水平挂钩，它更是一种体谅，体谅别人的不容易，体谅别人的处境和习惯。

同样，教养是能够从内心深处，理解和接纳别人不常规的地方。其实生命的相同之处就在于他们用各自的特点，表现出了完全不同的样子。

阅读是为了解释经历，而经历能够让一个人足以体悟他人。有了这种体悟，你才能在生活中更好地与一切相处。你不会粗暴地赞美或者责难，因为你明白，所有事物背后都有一条逻辑链，只是我们常常忽略或看不到。

我们都是有教养的人吧，所以才没在不美好的相遇中，匆匆抽身而退。我叫他“澳大利亚”，因为他像一部百科全书，好像什么都知道；虽不扎堆，却富足优雅，仿佛拥有一个完整的世界。

我们常常聊电影、聊生活、聊工作，他的每句话永远那么搞笑，却能耐心听你说任何事情，然后不紧不慢发表言论。

他从开始就教了我一个词，叫“无欲则刚”。起初我不太明白，后来我懂了：只有对外界毫无索求的人，才能在生活的每一场剧目中，优雅地缓缓出场和落幕。而我们都活得太急躁，什么事都在争取时间，不经意间就提高了语速和步伐，却不知道如何将自己拉回来。

一直被教导着做一个有用的人，去干伟大的事情。可是，何为有用的人，何为伟大的事？有人为了达到自己的目的不惜用各种技巧和方法，去损害别人的利益，甚至尊严。这种人就算腰缠万贯，成为世俗意义上的成功者，你能说他是个有用的人，做了伟大的事吗？

我们都是尘世里的平凡人，平凡到如同一颗沙子，一阵风吹过就能消失不见。阅读不会让你变得伟大，更不会成就你的梦想，它只会让你在平凡里从容不迫，成为一个有教养的人。

在偌大的宇宙空间里，我们本身是没有任何意义的，我们只对彼此有意义。于本身生命而言，最幸福的不是你被多少人熟知和认可，而是你有情趣把细小的日子过到精致。

书里教给我们为人处世的技巧和方法，我们要了解和懂得，但不要让自己成为技巧和方法的载体。所有的方法和技巧，都是为了彼此更好地沟通和理解，而不是为了达到自己所谓的目的。如果你本身就是在演戏，那演技再好，也不过是戏。人与人之间重要的是坦诚，直接表达，好过一切粉饰过的委婉动听。

我们可以普通，但要像“澳大利亚”一样绅士优雅，把生活过成最美的诗句。

2015 年 5 月 13 日

书于陕西杨凌

雪炘，先天性脑瘫患者。拒绝《感动中国》栏目组邀请，拒绝接受残疾补助。热爱生活，尊重平凡。文章常见于《青年文摘》《思维与智慧》《疯狂阅读》《做人与处世》《课堂内外》《知识窗》等杂志，并入选多部图书。获全国性文学奖数次。

目 录

第一辑 不能开花,就请叶绿

敞开心扉去感觉生命,生活处处为美!

第二辑 把"但是"改为"而且"

"而且"或者"但是",不过是变换了说话方式,可是对方承接到的讯息却是截然不同的。我们是否应该反思,对于孩子的教育,有没有需要改进和提高的地方。

第三辑　种在时光里的杨絮

时光匆匆，有些人不见了，有些人还在身边，可是有些人，却一直留在记忆了，怎么也不会抹去。

第四辑　每一场雨洒下的都是思念

生命是轻薄的，因为爱，才使它厚重了起来。我们曾经是弱小的，后来就有了力量。我们懂得如何去爱一个人，我们因此长大。

第五辑　没有痛苦就没有收获

痛苦是人生的催化剂，经历痛苦，人才会更加渴望生命中那些美好的东西，才会拼力去抓住这些东西。

第六辑　刀尖划过是最钝的伤

岁月流转，时光变迁。许多事情都离我们越来越远，包括亲人的温暖笑脸。就这样了吧，因为他们，我们才能走的更加成稳。

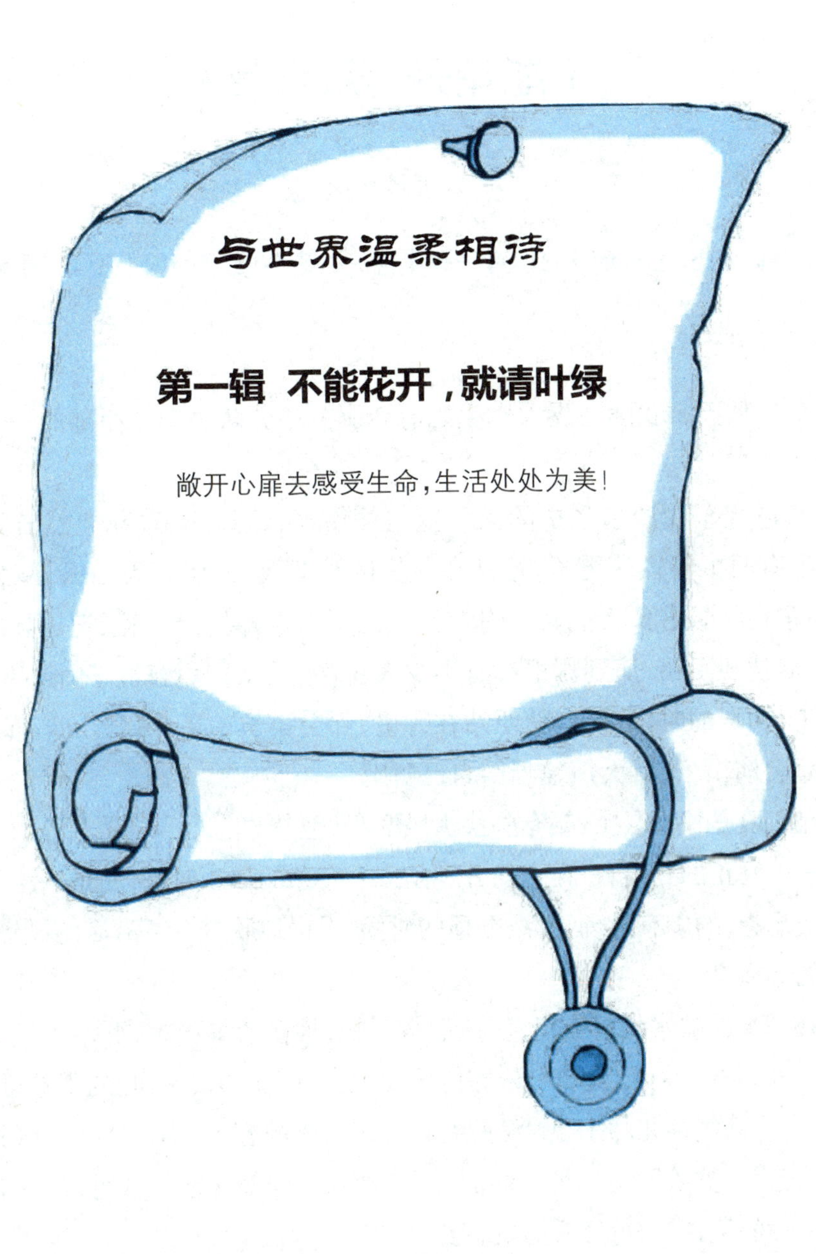

与世界温柔相待

第一辑 不能花开，就请叶绿

敞开心扉去感受生命，生活处处为美！

不能花开，就请叶绿

崔修建

积极的心态，包含触及内心每一件事情——荣誉、自尊、怜悯、公正、勇气和爱。

——福克纳

那年秋天，我随一支大学生志愿者服务小分队去宁夏西部的一个山村支教。

长途客车在沙尘飞扬的大戈壁上颠簸着，透过车窗，我忽然看见远处旷野上有两个年轻的男子，正站在一块巨石上面，仰望蓝天白云，双臂挥舞着，似乎在呼喊着什么。家住附近的一位同学告诉我，他们原先是县剧团的演员，演技还不错，演到哪里都有不少人喜欢。后来剧团解散了，他们就出去打零工，闲暇的时候，他们随便站在哪里，都会嗓子一亮，高歌几曲。他们说，不能登台演出了，就大声地唱给自己听吧。

他们真是快意人生，颇有些侠士风度。我忽然想起了一位著名登山家说过的话——真正的登山者，在意的并不是成功登顶的那一时刻，而是一路登攀的愉悦。想想，的确有道理，无法登顶的时候，慢慢地欣赏一下沿途的风景，不是很好的选择吗？

在那干旱缺水的村庄里，庄稼活得艰难，牲畜活得艰难，百姓的日子也清苦得叫人心疼。然而，我却十分惊讶地发现，人们穿的很差，吃的很差，用的很差，一个个精气神儿却十足。我没看到几张哀愁的容颜，倒是从那一张张被阳光晒得酱紫、被风沙吹得粗糙的面颊上，看到了许多淡定与从容，甚至看到了许多灿烂的笑，干净得像澄碧的蓝天。

我问一位七旬的老者，为何大家生活如此窘迫，却依然有那样好的心情。

老者平静道："谁都希望过上好日子，可总有很多梦想会落空的。播下瓜种，不一定能够如愿地收获瓜，那么，为什么不怀揣一份好心情，欣赏一下瓜秧上面那些美丽的花呢？"

不能收瓜，就去赏花。这真是一种收放自如的洒脱啊！真是一种值得深思的人生智慧啊！我不禁对身边那些平凡无奇的人们肃然起敬。

我新认识的邻居，是一个叫人见了便要心生怜爱的小女孩，她因患有先天性的肌无力，在12岁那年，突然失去了行走的能力。而此前，她酷爱跳舞，舞蹈老师夸赞她有跳舞的天赋，是一个搞艺术的好苗子。10岁那年，她还曾登上过银川市电视台主办的春节联欢晚会舞台呢。在她的家里，我见到了墙上那幅漂亮的剧照，身着舞衣的她，真像一个美丽的天使。

如今，她被疾病困在了床上，要想到外面去，就得让父母把她抱到自制的那台沉重无比的简易轮椅上。父母身体也不大好，很懂事的她，便将自己的活动范围，基本上限定在床上和院子里。更多的时候，她是趴在窗台上，望外面的世界，偶尔在父母的帮助下到院子里转转。

她喜欢笑，一脸天真无邪的笑，纯净得叫人立刻就会想到那个词——一尘不染。

她告诉我，她今生再也不能跳舞了，就编一些与跳舞有关的故事，写下来，讲给自己听，有时候也讲给大人们听，还想投稿，争取让更多的读者看到她写的故事。

我为她的阳光心态鼓掌，问她："不能跳舞，是不是感觉很遗憾？"

她莞尔一笑："刚开始，痛苦得都不想活了，觉得老天太能捉弄人，赐给我跳舞的灵性，却不让我去跳舞。现在，我已经完全想开了，不能花开，就请叶绿。”

“不能花开，就请叶绿。”刹那间，我的心灵被一种东西深深地震撼了。

她拿给我看她写的故事，简单的情节，简单的语言，里面透着不事雕琢的童真情趣。

真好，在那些支教的日子里，我送去了知识，却收获了无价的精神财富。尤其是那一句“不能花开，就请叶绿。”更是让我清醒地认识到——当疾病、挫折、失败等不幸突然降临时，不必惊慌，也不必抱怨，而是微笑着迎上去，让人生转个弯，转向另一方天地，去欣赏另一片明媚。

你改变不了过去，但可以改变现在；你不能预知明天，但可以把握今天；你不能延伸生命的长度，但可以拓展它的宽度；你不能左右天气，但可以改变心情！生活就是一面镜子，就看你以什么心态去对待它，放开心态，敞开心扉去感受生命，生活处处是美。

不要狠命关上身后的门

乔孝驰

能控制好自己情绪的人，比能拿下一座城池的将军更伟大。

——拿破仑

拉法尔大学毕业后，凭着自己的实力应聘到了这家公司。心高气傲的拉法尔初入职场，就表现出了非凡的干劲儿。她暗自要求自己对工作投入百分百的热情，务必事事都做到最好。严于律己的拉法尔自然也用这种标准来对待自己的同事。在工作上，同事稍有疏忽，她就毫不客气地当面指出，哪怕这件事跟她一点关系也没有。即使上司有什么地方做得欠缺周全，她也会当场提出，全然不顾上司由白变灰的脸色。

有一次，因为工作上的问题，拉法尔跟一位同事争吵了起来，办公室里的其他同事闻声而来，都帮着那位同事说话。更让拉法尔生气的是，上司托马斯听了他们的辩论后，竟然也说是拉法尔的不对！

中午，同事们都休息去了。拉法尔坐在办公室里生闷气，她不明白自己到底做错了什么，难道自己对工作一丝不苟、认真负责也有错吗？从小一帆风顺的拉法尔哪里受过这样的委屈，一气之下，拉法尔决定一走了之。她拿起自己

的背包，使劲拉开办公室的门，走出去后，只听“啪”的一声，她狠命地关上了身后的门。

正巧上司托马斯从对面走了过来，看着背着背包、脸上一脸怒气的拉法尔，托马斯不由得耸了耸肩，脸上露出了平和的微笑：“嗨，拉法尔，先别急着走，喝杯咖啡如何？”见上司并无敌意，拉法尔点了点头，跟着托马斯走到了旁边的休息室内。

一杯咖啡下肚，拉法尔激动的心绪稍稍得到了平复。“其实，我很欣赏你，拉法尔！”托马斯开口道。拉法尔一惊，但托马斯的眼神很真诚，拉法尔暗自松了口气，心里涌上了阵阵暖意。托马斯喝了口咖啡，接着说：“记得年轻时，我跟你一模一样，热心、直爽、对工作认真、负责。”托马斯的话让拉法尔彻底放松了下来，在潜意识里，每个人都希望自己得到别人的认可。

“但是，拉法尔，有一点你要记住，永远都不要狠命关上你身后的门，因为你不知道以后你还会不会再回来。当初我也像你这样，狠狠地关上了身后的门。是的，在那一刻，我有一种豪气冲天的感觉。兜兜转转之后，我终于在另一家公司站稳了脚，但在一次决定我职业命运的业务中，我看到了合作者的名字，正是当初我就职的那家公司！你应该能想象出来，当时的我有多尴尬、多懊悔！其实，仔细想想，自己也有很多不对的地方，有些时候，我们是不是在无意中狠狠地关上了一扇又一扇无形的房门呢？”托马斯一口气说完，深蓝色的眼睛中泛出了柔和的光芒。

拉法尔听完托马斯的话，仍呆呆地坐在椅子上一动不动。她细细地品味着托马斯的话，突然有一种如梦初醒的感觉。认真没错、直爽也没错，但一切都要有个度，要讲究方式方法。否则，就只能像自己之前那样，关上沟通的房门、关上情感的房门，甚至还差点关上职业生涯的房门。

从休息室里走出来后，拉法尔长长地舒了口气，抬眼，门缝里飘进来一道道灿烂的光线，那是太阳输送的丝丝缕缕情意：她非常感谢托马斯及时对自己的点醒，也暗自庆幸自己还没有狠命地关上最后一道房门。

在成功的路上，最大的敌人其实是缺乏对自己情绪的控制。愤怒时，不能制怒，使周围的合作者望而却步，消沉时，放纵自己的萎靡，把许多稍纵即逝的机会白白浪费。管理好自己的情绪，你会一次比一次走的更顺畅。

我叫莎士比亚

孙开元

我们对自己抱有信心，将会使别人对我们萌生信心的绿芽。

——拉罗什富科

我的一生总是别人嘲笑的目标，因为我的名字恰巧也叫威廉·莎士比亚，我遇到的每一个人好像都会因为这个名字打趣或教训我。而且他们的讥讽之词也没什么创意，老是那么几句。

不是我不喜欢结识新朋友，想想吧，别人在一个派对里向大家介绍我："这是我的朋友威廉·莎士比亚。"甭说别人，连我都觉得听起来怪怪的。

我的麻烦是从懂事起就开始的，大孩子们会质问我："你的名字不赖，和伟大的莎士比亚有亲戚？"

后来我上了小学，别的同学成绩有点儿退步，老师顶多会给几句柔声的提醒就算完事，我行吗？没那么便宜，老师会加上一句："任何一个叫这个名字的人拿到你这样的成绩，都应该感到丢脸。"

长大以后，我真正的麻烦才开始。除了每天家常便饭般的无聊取笑，很多想不到的情况都让我感到无地自容。第一次是我在纽约州铁路局当电话接线员的时候，那还是在1917年的一个星期日下午，我正在办公室里坐着，突然听到有人使劲敲售票窗。我打开了窗口，原来是一位乡下学校老师想买一张去纽约市的火车票。我告诉她，我不管卖票，等到5点售票员回来才行。她一听大发雷霆，说她从没受过这气，并且朝我吼："年轻人，你叫啥？"我知道又要往枪口上撞了，可还是如实回答："我叫威廉·莎士比亚。"

果然，她一听更加火冒三丈，肯定觉得我是在拿她找乐。铁路局很快知道了这件事，没过两个星期就把我换了岗，还让我临走时写了份检查，交代了事情经过。直到调走以后，这件事仍然是大家的笑柄。

还有一件事令我终生难忘，1931 年，我住进了华盛顿市医院，一次，当时的胡佛总统邀请一些病号去参加白宫草坪见面会。场面很热闹，我也很开心，直到我要和总统见面的时候。

我们排着队往前走，每个人都要向站在总统旁边的军官报告一下自己的名字，然后他再向胡佛总统申请接见。我很随便地向军官说出了自己的名字，立刻看到他脸上的微笑变成了怀疑。他朝一个穿着便衣的特工点了点头，特工马上走了过来，胡佛先生脸上的笑容也从欢迎变成了一种同情。等我走了过去，听到胡佛先生对他身边的军官小声说："得了这种病的人确实很可怜。"

见完总统，我回到了医院，又过了几天，辛斯将军来医院视察。我正在病友的房间里坐着，将军走了进来。将军关切地问我叫什么名字，我想起了在白宫草坪时的事，没好气地回答："你问这干啥？"将军有些不知所措，旁边的护士忍不住大笑，向将军解释了我不敢说自己姓名的原因。将军拍了拍我的肩膀说："我不怪你。"

还有一次，我在华盛顿时开一辆朋友的车出门，因为无照驾驶被送进了警察局，警察要检查我的证件。不巧的是我没带任何可以证明自己身份的证件。于是警察问起了我的姓名和住址，我知道如果说个假名字可能麻烦更大，索性报上了真名。警察一听就竖起了耳朵，对我说："嗬，来了位智者，您的作品还嫌不够幽默？在您老实交代之前，就给我在这儿呆着！"直到第二天早上朋友来警察局说明了情况，我才获得了释放。

我的生活就是这样，事情一波未平，一波又起，有的搞笑，有的尴尬，有一次还差点被当成杀人犯呢。父母们都想为孩子起个流芳百世的名字，小心别像我的名字似的弄巧成拙。如果你姓爱迪生，就不要给孩子起名叫托马斯；如果你姓华盛顿，给孩子起什么名都行，就是别叫乔治。

就我来说，如今我已经到了对所有因为名字带来的烦恼付之一笑的境界，但是说心里话，还是希望父母给我起个“酷毙了”的名字，只不过不是威廉·莎士比亚。

烦恼这东西，你不在乎它它就伤不到你。抛弃使你烦恼的诟病，大步向前吧！

德国的“维修咖啡馆”

瞿幼芳

一个只顾自己的人不足以成大器。

——罗斯金

前些日子，我去德国旅游，顺便去看望了在柏林工作的朋友。朋友陪我逛了一会儿街。走得累了，朋友说我带你去喝杯咖啡，休息一下，顺便聊聊天。于是我们来到了一家咖啡馆。

我们所去的这家咖啡馆并不大，地理位置有点偏，但生意很好，客人来来往往，门庭若市。我和朋友点了两杯咖啡，挑了个靠窗的位置坐下，惬意地聊着天。这时我看到了几个人手里拿着录音机、坏了一条腿的椅子等物品走进来，也有几个人拿着小型家电高高兴兴地走出去。

再往前面看，有一位男人正拿着尖嘴钳、万用表、电笔等工具认真地修补一把电茶壶。大概是修好了，他拎着茶壶去加了点水，插上插座开始试起来，结果还是没动静。他弯下腰，自言自语道：“问题出在哪呢？”看他那焦急的样子，旁边正在喝咖啡的一个顾客放下手中的杯子，走了过来，拍拍他的肩膀说：“我来试试看。”然后低头捣鼓起来，看他那熟练的样子，估计也是个老师傅。期间两人还不时地讨论着。我神情专注地看着这一幕，这咖啡馆搞的是哪一出戏？过了一会儿，在两人的齐力合作下，这把电茶壶终于修好了，不一会就烧好了一壶开水。

我大为惊奇，问朋友：“这不是咖啡馆吗？怎么变成修理店了？”

朋友一笑，意味深长地告诉我，这家咖啡馆的特色，不光可以喝到香醇的咖啡，还可以维修各种物品。里面有工具，也有一些专家，专门教导客人修理坏掉的东西。当然如果你在里面喝咖啡或茶，也可以帮别的客人维修东西。

原来，这是风靡德国的“维修咖啡馆”，目前正受到越来越多人的欢迎。在家中，有些电器或家具，出现了损坏或故障，有些人以为不可能修好，会把旧物直接丢弃或闲置，再买新品，造成浪费。为了节约物品，有些商家推广了“维修咖啡馆”，召集各类行家，包括裁缝师、木匠、电子工程师等各行各业的人才，免费为民众修理各种物品，让旧物拥有第二生命。

我在咖啡店里见识了那些原本废旧的东西，在大家的动手动脑中重新焕发出光彩。顿时，我对德国人的节俭意识、商家的聪明才智感到敬佩不已。他们既为顾客提供了增值服务，又能通过这种服务，增加了咖啡馆的人气，一举两得。

一个善意的举动，不仅可以服务大众，更是聚拢人气的好机会。财富掌握在人民的手里，服务人民，才能享受到财富。

最有效的药方

庞启帆

如果你把金钱当成上帝，它便会像魔鬼一样折磨你。

——英国 菲尔丁

埃利诺是个商人，也是个吝啬鬼。长年累月，他攒下了巨额财富。他为自己能跻身富翁的行列而感到自豪。然而很不幸，他忽然在某一天病倒了。医生对他的病束手无策。其实，要治好埃利诺的病很简单，只要出一身汗就好办。但是，医生们用尽了办法也无法令他发汗。医生们只好放弃了。在他弥留之际，家人把牧师请到他的身边为他祈祷。

“埃利诺先生，在我为您祈祷之前，我想向您提几个小小的要求，您能答应我吗？”牧师问道。

“你说吧。只要能让我上天堂，我都答应你，并且我会在遗书上写明白。”埃利诺用微弱的声音答道。

牧师握起他的手，说道：“其他镇上的教堂都有图书馆，而我们镇上的教堂没有。我希望您给我们的教堂捐一个图书馆。”

“需要多少钱？”

“大约 3 万美元吧。”

“好吧，我答应你。”

牧师握紧埃利诺的手，继续说道：“我们镇上有很多妇女想去工作，但她们因为要照顾年幼的孩子而去不了。如果能建一个幼托所，这个问题就能解决了。”

“需要多少钱？”

“我想 5 万美元就够了。”

“好吧,我答应你。”

牧师把埃利诺的手握得更紧了。“埃利诺先生,您知道,人老了如果没有人照顾是很悲惨的。所以我想给那些无依无靠的和得不到子女照顾的老人建一个养老院。”他提出了第三个要求。

“需要多少钱?”

“10 万美元应该够了。”

“好吧,我答应你。”此刻埃莉诺的样子已没有先前那么痛苦,甚至显出了一些快乐的样子。

牧师俯身亲吻了一下埃利诺的额头, 然后他继续说道:“埃利诺先生,您看,慷慨大方是一件多么美好的事情,您现在的脸色好多了。您这样进入天堂,肯定会受到欢迎。对您的慷慨大方,我替所有受益的人感谢您。不过,我还想向您提一个要求。我希望您也能答应它。”

“你说吧。”埃利诺喘着气应答道。

牧师看着埃利诺,说道:“埃利诺先生,您也知道,我们镇上的教堂已经很破旧了。我早就想把它修葺一番,但一直没钱。如果您能捐一笔钱出来,我们的教堂就会焕然一新。这样,到教堂祈祷、礼拜的人就会拥有一个舒适的环境。人们会永远怀念您,上帝也会把您的善举看在眼里的。”

“需要多少钱?”

“至少需要 20 万美元吧。”

埃利诺睁大眼睛,很久都没回答牧师。牧师再次握紧埃利诺的手,轻声催促道:“埃利诺先生……”

“等等,别出声。我的后背出汗了!”埃利诺喘着粗气答道。

一个吝啬的人,也许只有钱才能治好他的病吧,但是,慷慨才是最好的解压方式。

减压监狱火爆满员

佟才录

创意是今后决胜企业成败的不二法门。

——中国台湾 郭泰著

当下，很多年轻人在办公室既是“千手观音”也是“夹心饼馅儿”，褪去西装领带后，在“房奴”、“孩奴”、“车奴”等身份之间，无缝切换，熬得形容枯槁，却不能停下脚步。

弦绷得太紧会断。当你压力山大，焦虑难耐的时候，应当学会给自己减减压。如何给自己减压？与知己互诉衷肠？尽情哭一场？唱卡拉OK？还是找个荒无人烟的地方大喊大叫？……这些减压方式都太OUT了！韩国的年轻人有一种特殊的减压方式——花点钱，到监狱住两天！

“监狱减压”，是韩国当今最为流行的减压方式。说是监狱，其实它是一家专门治疗心理创伤和减压的治疗中心，名叫“心中的牢狱”。这家流行的减压中心位于首尔近郊，占地约87000平方米，建筑外形和内部设计几乎和监狱完全相同。那些需要释放工作和生活压力的客人来到这里，不需要带太多的行李，只需支付15万韩元(约合人民币915元)后，再上交手机、书、手表等随身物品，在管理人员的带领下，像真实关押的犯人一样换上“囚服”，就可以开始为期三天两夜的“囚犯”生活。每个“囚犯”都会被关进一个只有5.57平方米的“牢

房”，里面只有一个卫生间、一张小桌以及一个水龙头。“牢房”的门只能从外面打开，里面是打不开的。客人一旦进入“牢房”，就等于出不来了，除非在放风时间和学习时间（学习时间主要由专业人员为客人讲解相关的舒缓压力课程，当然，如果不想听就在自己的牢房里待着）。顾客可以在里面进行冥想静思，与内心来一场淋漓尽致的对话，通过冥想抛开烦恼，重新找回自我。工作人员会把客人的一日三餐通过门上的小开口送进去。同时，减压中心还提供冥想课程和精神课程供顾客选择，甚至可以让他们在礼堂里欣赏治愈系的演出。

这家“减压监狱”的创始人是47岁的权勇硕，曾担任过济州地方检察官。在担任检察官的日子里，他每天被各种案子弄得焦头烂额，因为不能及时侦破案子而被上司训斥，甚至责骂，压力山大。为了破案，他每天都在忙于工作，渐渐地成了一个工作狂人。他说：“我不知道该如何停止工作，我觉得自己都不受自己的思想控制，无法控制自己的生活了……”为了摆脱苦恼和困惑，他经常借酒浇愁。一次，他酒后驾驶被关进监狱一个星期。在监狱里，他一个人面对冰冷的墙壁，身体仿佛被放空了一样，真是“无官一身轻”，一切工作上的压力和烦恼都抛到了九霄云外。从监狱出来后，他忽然福至心灵：在充满竞争和快节奏的现代社会，年轻人的精神压力越来越大，何不建一座“以监狱为主题的精神减压中心”呢？让备受生活、工作压力困扰的韩国人能有一个逃避世俗的场所。心动付诸行动。他通过银行贷款、朋友捐赠等多种途径，历时一年，耗资20亿韩元（约合人民币1220万元），在2013年6月，建造成了这座“监狱减压中心”。

“监狱减压”——这一新奇特的减压方式——获得了很多韩国年轻人的追捧。自2013年6月起，“开狱”期间报名者络绎不绝，“监狱”一度满员，而且很多顾客抱怨三天两夜太短了，还没有体验够。曾经有一位跨国集团公司的大 Boss 带着公司里 20 名高管来“减压监狱”入住减压。大部分入住者都表示满意，不过也有客人认为“牢房”环境太温暖干净，如果能更接近真实的监狱，更加有助于内省。目前，来“减压监狱”体验的客人形形色色，既有大学教授、公务员、演员，也有家庭主妇。一名家庭主妇在体验后表示：“终于不用再整日为丈夫和孩子的日常生活操心了，这让我有更多的时间认真思考自己的人生。”

备受生活和工作压力困扰的年轻人，如果你已经试过了一切常见的减压方式，不妨尝试来一趟“减压监狱”，体验一把“监狱生活”。以监狱之名，把你从痛苦的工作、生活枷锁中解放出来，让你亲手解救自己。

生活压力几乎快把你逼疯了，房贷，车贷……各种问题，各种烦恼。在觉得坚持不下去的时候，适当地去放松，不仅有利于工作，更有利于身心健康。所以，去释放压力吧。

大树底下难乘凉

林玉椿

眼前多少难甘事，自古男儿当自强。

——李咸用

许多人都梦想自己能出生在显赫家庭，那么，自己就可少奋斗很多年甚至不用奋斗就可以衣食无忧了。然而作为世界首富巴菲特的儿女的霍华德、皮特和苏茜，却丝毫享受不到“大树底下好乘凉”的优越感。

“亲爱的爸爸，我想在奥马哈北部弄个农场来经营。”有一天，大儿子霍华德这么对巴菲特说。

霍华德只上了一年大学就退学了，因为他想尽快从事自己感兴趣的工作。

“行啊，你很有自己的主意。”巴菲特微笑着说。

“我想买下一个农场，可是我没有钱。爸爸，你是否可以支援我一些钱呢？”霍华德可怜兮兮地说。

巴菲特沉思了一会，说：“我可以买下一个农场，但不是给你的，那是我的财产。我只能把这个农场租给你，你必须按期缴纳租金，否则我立即收回。”

霍华德想不到会是这样的结果。要知道，他只是一个刚退学回家的孩子，父亲这样的要求让他面对的艰难可想而知，但他丝毫没有办法，只好答应一定照办。

又一天，小儿子皮特犹豫了很久，终于鼓足勇气来到巴菲特面前：“爸爸，你要知道，我热爱音乐事业，音乐是我的生命。”

巴菲特微笑着说：“我知道，我很支持你从事你所热爱的事业。”

皮特见父亲表示了对自己的支持，急忙趁机说："爸爸，我准备搬到密尔沃基市去发展我的事业，万事开头难，我想请你借些钱给我。"

巴菲特一听说要借钱，立刻摇了摇头："这个要求我不能答应。我对你音乐事业的支持是限于金钱之外的，钱会让我们纯洁的父子关系变得复杂。"

皮特听了，气愤地说："算了，我不会再求你了！"于是，他去银行贷了款。

这是皮特第一次也是惟一一次向父亲开口借钱。

长女苏茜了解父亲的脾性，干脆从不向巴菲特开口要钱。她曾在华盛顿哥伦比亚特区担任《美国新闻与世界报道》节目编辑的行政助理，每月领着525 美元的薪水，但她毫无怨言。

霍华德、皮特和苏茜从此不再对巴菲特的财产打任何主意，因为巴菲特明确地对他们表示："如果能从我的遗产中得到一美分，就算你们走运。那种以为只要投对娘胎便可一世衣食无忧的想法，损害了我心中的公平观念。"对于巨额财产如何分配，巴菲特曾表态，在他死后，他的全部股权将归属家庭的慈善基金会。

不让子女们在大树下乘凉，那是因为巴菲特想让他们自己长成一棵大树。

霍华德经营着自己的农场，体验着自食其力的快乐。巴菲特一家的朋友迈克尔·延瑞这样评价霍华德说："他非常聪明、能干，但是尤为重要的是，他继承了他父亲身上那种诚实、正直的美好品质。"

皮特专注于自己的音乐事业，也颇有收获，他为凯文·科斯特纳导演的第 63 届奥斯卡最佳影片《与狼共舞》中的舞蹈场景配乐，获得了那一届奥斯卡最佳音乐和最佳音响

奖。回忆起自己向父亲借钱遭拒的情景，现在他非常感激父亲那时的“抠门”：“在还贷的过程中，我学到的远比从父亲那里接受无息贷款多得多。现在想来，父亲的观点对极了。”

苏茜成为了一名家庭主妇，但并不是一个无所事事的阔太太，她整天最忙碌的事情就是如何在慈善事业上发挥作用，人们都对她的善良与博爱表示赞叹。

想起中国一句古语：子不教，父之过。父亲的教育对儿女是非常重要的。虽然依靠父亲的资助可以少走弯路，可是却不利于培养自己独立的性格。所以这给我们一些启示：不要太护着孩子，要知道，溺爱是对孩子最温柔的谋害。

再富不能富孩子

纳兰泽芸

教子勿溺爱，子堕莫弃绝。

——王永彬

2011年4月1日晚20:20，一架由日本成田机场起飞的客机，平稳降落在上海浦东国际机场。数百名乘客满怀喜悦与期待，向前来接机的亲友奔去。

一位母亲焦急地朝出口处张望。终于，儿子的身影出现了！母亲舒了口气。儿行千里母担忧，不久前日本发生大地震，她不放心儿子，催他回国避一阵子。由于签证等问题耽误了一段时间，儿子最后在4月1日这天才得以成行。

5年前，儿子高中毕业没能考上满意的学校，就提出要去日本读书。

儿子最早住的是集体宿舍，后来嫌宿舍太吵，要出去住，她怕儿子受苦，同意了。后来儿子与几个留学生合住，儿子又嫌合住不自在，要一个人住，她怕儿子受苦，也同意了。尽管单独租房，费用会大大上涨。

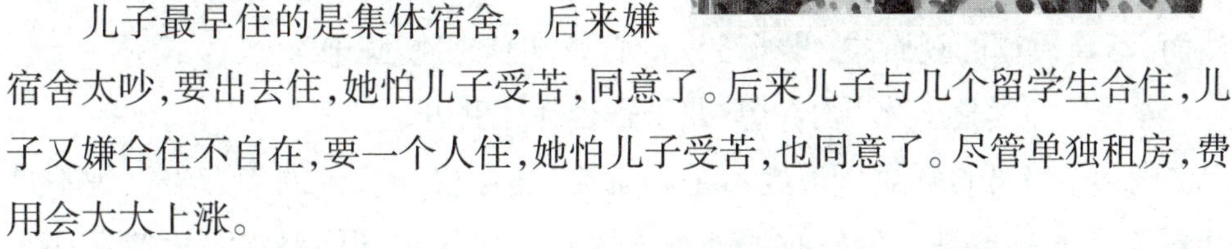

她每个月固定寄钱给儿子。儿子在东京的房租每个月是12000元人民币，一年学费8万，再加上生活费等等，一年开销30多万，5年花了快200万了。

其实她家里并不富裕，她的工资也就每个月七千多块，这些年因为儿子的开销实在太大，她不得已只好一次次向亲友们东挪西借。

即使这样，母亲每个月也不忍心少汇钱给儿子，她怕儿子钱少了会受苦。虽然家里并不富裕，但儿子从小在物质上从未受过亏欠。有亲友曾善意提议说让儿子课余打点零工，她婉转跟儿子提了一下，儿子不太开心，她怕儿子打工受苦，就再未提此事。

不管怎样，自己辛苦点不算什么，只要儿子过得好不受苦，就什么都好。现在儿子回来了，该跟儿子好好待上几天了。

儿子穿一件黄色上衣，手提一只咖啡色的行李包出来了。母亲满脸笑容地迎了上去，碰到的，却是儿子冷冰冰的一脸阴郁。

儿子劈头就问："这次钱怎么汇得这么晚？"

她说："妈妈3月份没有及时凑到钱，汇得比平时晚了一些。"听了她的话，儿子一脸不悦。看到儿子对久别的母亲这样的态度，她心里感到有些委屈，她说："以后能省就尽量省一点，这几年你花销也太大了，妈妈现在没钱了，再要钱的话妈妈就只剩下一条命了……"

她觉得很苦，她要把心里的苦向儿子倾诉一些，他觉得儿子已经24岁了，应该能为妈妈分点忧了。她仍在向儿子"诉苦"，根本没有留意到儿子对她的"唠叨"厌恶至极。最亲的儿子突然从包里掏出锋利的水果刀，对着母亲疯狂地连捅9刀！

猝不及防的她捂着血流如注的腹部颓然倒地。她依然不明白这是怎么回事？她充满悲伤、充满疑惑、充满祈求地向自己最亲的儿子伸出求救的手臂。然而，渐渐模糊的视野中，儿子冷漠的背影却越来越远……

4月1日是愚人节，她在想：儿子是否在跟我开玩笑？

然而，淋漓的鲜血告诉她不是开玩笑，捅穿胃和肝脏的尖刀告诉她不是开玩笑。如果不是一位好心的外国人拿围巾堵住腹部伤口将她火速送往医院，她必死无疑……

这样一个发生在愚人节的并非愚人的"故事"，令人慨然之余，无数为人

子、为人父母者会想：谁之过？

当父母们喊了无数遍“再苦不能苦孩子”的时候，可曾想过：父母们无原则地溺爱与放纵，会使从小从未经历过物质艰苦和精神挫折的孩子不知“辛劳”和“珍惜”为何物，当父母满足子女的能力与子女日渐膨胀的私欲反差渐大时，就极易导致子女的精神和行为的扭曲、乖张。

古老的寓言里一对勤劳的夫妇为了教育无度挥霍的儿子，令其不准带分文去外面自谋生路。一个月后，儿子回来，将一枚辛苦赚来的铜板放在粗糙的手掌上呈给父母看，父亲一把抓起铜板扔进火盆，儿子立刻扑向火盆抢出铜板——他实在太懂得赚取这一枚铜板的艰辛了！

“雄鹰翱翔天宇，有伤折羽翼之时；骏马奔驰大地，有失蹄断骨之险。”那么，鹰就不飞，马就不奔跑了吗？孩子的人生亦然，艰苦与挫折就是孩子成长不可或缺的助推器。

所以，请不要让孩子与艰苦与挫折绝缘——再富也要苦孩子。

不得不承认，现在的父母，太溺爱孩子了，含在口里怕化了，捧在手里怕碎了。可是也得承认，现在的孩子太脆弱了，可能，有什么样的家庭，就有什么样的孩子吧。

做得少但做得好

清翔

永远谨慎乃是至高无上的价值。

——马克·吐温

职业网站“玻璃门”，最近评选出的2014年全美50位最佳CEO中，领英公司的杰夫·韦纳名列第一。而且他还创下了一项无法被超越的纪录——员工满意率100%。

领英的联合创始人、公司现任主席雷德·霍夫曼曾这样评价韦纳的管理哲学：“他做得更少，但做得更好。”此可谓一语中的。

1992年，韦纳毕业于著名的宾夕法尼亚大学沃顿商学院，两年后进入华纳兄弟公司。不久，韦纳晋升为华纳兄弟网络事务部副总裁。没过多长时间，他离开了华纳兄弟。之后，韦纳进入华纳兄弟公司的前CEO特里·塞梅尔创办的投资公司“温莎媒体”，2001年，塞梅尔到雅虎出任CEO时，把韦纳也带在身边。2008年韦纳离去。

韦纳本来热衷于互联网工作，可他在这个行当一再选择辞职，当然有各种原因，但主要是嫌自己的工作太忙。

辞职后的韦纳在两家知名风投公司任常驻执行官。不久，其中一家公司投资的领英公司陷入困境，韦纳临危受命，出任该公司的临时总裁，并于2009年6月正式成为CEO。

领英公司成立于2002年12月，2003年5月上线，是一个有关职场的社交平台。这是一家充满活力，但没有明确目标的新兴公司。“不要那么忙，不要做些‘无用功’。”韦纳说。一上任他就果断地取消了几个前景黯淡的项目，把为企业人力资源部门和猎头公司提供服务作为核心业务。

事情没那么多了，但如何做得更好？他的策略之一，就是积累高端专业人士用户群，吸引各行业的精英。如通过社交和移动领域的精英 Instagram 公司联合创始人凯文·斯特罗姆，吸引来食品酒业领域的精英 The Culinistas 创始人吉尔·多宁菲尔德，继而吸引来艺术设计领域的精英奥图扎拉品牌创始人约瑟夫·奥图扎拉、科技领域的精英 Cloudera 创始人杰弗·哈梅巴赫、能源领域的精英光帆能源创始人丹妮尔·方等。通过精英吸引精英，最终把领英打造成了一个专业人士聚集的网上社区。

在业务定位上，不同于脸谱网侧重于交友，推特擅长消息推送，领英就是“严肃的生意人做严肃生意的地方”，也就是将生意与个人生活区分开，用户可以放心地和同事、老板或潜在雇主在领英上交流，不必担心有人看到你在脸谱网上发的周六派对的疯狂照片。

领英的盈利主要来自付费账户、广告销售及为企业提供招聘解决方案。公司可以在付费后进入其数据库，按照自己的要求筛选人才，这种招聘方式，其成本比找猎头公司低得多。比如世界第二大酿酒集团英国南非米勒酿酒公司，他们曾借助领英招聘了 120 人，节省费用就高达 120 万美元。

近两年，领英的移动领域增长最为迅猛。只因为他们同样为精英们提供了极有价值的信息。如美国房地产领域的精英“下一步房地产公司”创始人布莱尔·勃兰特，一次，他要去见一位名叫麦克·米勒的客户，这是他们的首次会晤。在途中，他就在领英上查找到对方的信息，发现他们都爱好绘画，有了这一共同点，就等于找到了一扇沟通的大门。

领英不仅能为会员提供极为有用的交流信息、就业机会，还在会员间的交互活动中创造了许多商机。如一位荷兰用户对自己 iPhone 手机的电池寿命太短感到恼火，在领英平台上问其他会员是否遇到同样问题。结果，一家专门开发苹果手机电池的中国公司与他联系，推荐了自己的产品。这位荷兰用户对这种电池十分满意，经过一番接洽后成为该电池的分销商。

领英“精英、严肃”的高端路线取得了极大成功，许多会员都把自己的领英账号印在名片上,表明高端人士对韦纳这一精英社区理念的高度认同。

韦纳本人除了精英人士所具有的大气、睿智外,还有两个特别之处。一个是每天抽出两小时来“无所事事”,推掉一切会议与安排,安静地一个人独处,以用来思考。另一个是每天早上他都会把感激的人或事写下来,在一天之中有时间就大声念出来,他说:“这是让我保持内心幸福的好方法。”这两点也是他“做得更少,但做得更好”的重要保障。

众人拾柴火焰高,为增强企业的合力与活力,他让员工也保有一份内心幸福。领英向员工免费提供包括太极、健身舞、活力瑜珈等培训。为帮助员工开阔视野,领英还请来全国广播公司“周六晚直播”栏目的主笔西思·梅尔斯、《高效能人士的七个习惯》一书作者弗雷德·考夫曼、印度全身心治愈大师狄巴克·乔布拉等世界级的演讲者为员工演讲,这样的演讲最多时一个月有 3 场。公司还为每位员工提供每年 5000 美元的教育基金,用于参加与工作有关的培训。因为内心幸福,员工们工作中充满创意,做到了“做得更少,但做得更好”。

2011 年领英公司上市,发行价每股 45 美元,当天就翻了一番。目前公司股价是 170 美元,市值超过了 200 亿美元。由于股票表现吸人眼球,韦纳的收入也在 2013 年增长了 40 倍,由 2012 年的 120 万美元增加到 4900 万美元。

在韦纳的领导下,领英已发展成为全球最大的职业社交网站,会员遍布 200 多个国家和地区,总数超过 3 亿人。

“秀干终成栋,精钢不作钩”,看准目标,提纲挈领,做最需要做的事,并将其做到最好,也就能事半功倍,以一当十,让你成为时代的宠儿与行业翘楚。

正是应对了一句古语:删繁就简三秋树,领异标新二月花。少做一点,就是把事情做精,业务精了,还怕效益不好吗?

一位冠军的认输演讲

琼雨海

荣誉就像河流：轻浮和空虚的荣誉浮在河面上，沉重的和厚实的荣誉沉在河底里。

“我是崔永平，崔永元的‘崔’，崔永元的‘永’，崔永平的‘平’。”在《超级演说家》的舞台上，这个年轻小伙子别具一格嵌套借用的自我介绍马上吸引了在场的观众和评委的眼球。

演话剧出身的崔永平原本与演讲并无接触，是编导通过他出演的话剧《隆福寺》找到了他，称赞他是一朵“奇葩”。当时，崔永平对于这个词感到很疑惑，虽然演员也有一定的语言基础，自己在大学也经常担任主持人，可是编导怎么就能一眼看出他适合演讲呢？

编导笑嘻嘻地说：“当局者迷，这个词很适合你哦。你慢慢就能体悟到了。”看着编导神秘的眼神，崔永平接下了这项挑战。

第一场比赛，崔永平的参赛作品是《我不是神经病》。这一大胆而近乎于疯狂的演讲，得到了在场四位评委的一致好评。四位评委都向他抛出了橄榄枝。最终，乐嘉老师的真诚以及那句“你和我是一样的人”打动了崔永平，他选择了乐嘉老师作为他的导师。

接下来是崔永平万万没有想到的，自己凭借演讲比赛，竟然一夜爆红，就连那首《神经病之歌》也被人传唱。慢慢地，他也有了自己的“粉丝”，每一场比赛都有人为他而来。经过一系列的比赛，崔永平可以说成了夺冠热门。

就在最重要"冠军争夺战"上,崔永平却要"认输"——为爱认输。而那个征服他的人,不是别人,就是他的继父。

五岁那年,妈妈带他来到了继父家里,一看到邋里邋遢、一脸酒气的继父,他就开始厌恶这个人。可是,当他看到并不友好的哥哥姐姐们时,他醒悟了,他明白从此之后,他要进入一场战争,一场争夺父爱的战争之中。

在初中的一次文艺汇演之中,继父看到他在台上又唱又跳,觉得他很有天赋,决定培养他。从此,继父不惜重金让他参加各种培训和演出,引得哥哥姐姐们甚是羡慕。

让崔永平难以忘记的还是那个冬天,特别冷,继父陪他到北京参加艺考。他们住在地下室里,冻得瑟瑟发抖。每天继父都睡得特别晚,起得特别早。要不是有天晚上他突然醒来,就永远不会知道那个秘密——继父把被子都盖崔永平身上,自己却蜷缩在毯子里。当时,崔永平热泪盈眶,他知道继父是爱他的,很爱很爱。此时的他,应该有赢得继父爱之后胜利的快感,可是没有,他有的只是心疼。

去年,在北京发展的崔永平买了一套三十八平米的房子,首付还差二十万。继父知道后,立马给他打了过来。哥哥姐姐们知道这件事情后,终于爆发了,开始抱怨继父:"你供他上大学已经算是仁至义尽了,现在你又一次性给他二十万。我们当初买房的时候,也没见给我们这么多吧。我们算什么,他是你亲儿子,还是我是。你老了以后,你跟他过,跟我一点关系也没有。"继父听了之后彻底崩溃了,哭了好几天。

继父的眼泪,让崔永平明白聪明的自己却犯了一个巨大的错误,那就是心里有什么话从来不懂得表达。从小时候,他把人家的玩具弄坏了,哥哥赔给了人家新的,没让妈妈知道,免了一顿打,他就知道他和哥哥姐姐们不是敌人。从上中学，哥哥姐姐为了他成绩更理想，给他买了复读机，他就知道他们是除父母之外最疼他的人。受欺负的时候为他打抱不平，有好东西先给他吃，这桩桩小事，崔永平都记得。可是，总是沉默的他，没有化解这场兄弟之间的矛盾，却让继父夹在中间，左右为难。

此时的崔永平站在冠军之争的舞台上，不再畏惧，他要认输，为爱认输。就像他说的："爱不是生日蛋糕，越切越少。爱是生日蛋糕上的火焰，越给越多。"

演讲结束，崔永平和哥哥抱在了一起。此时的他们再也没有了隔阂。在一旁的继父拍着他们的肩膀流下了高兴的泪水。

最终，崔永平以他的勇敢和最真挚的感情赢得了比赛，夺得了冠军。可是，让他最满意的不是冠军的帽子，而是自己敢于为爱认输。如果认输能化敌为友，如果认输能赢得亲情，如果认输能家庭和睦，这有何不可？

荣誉跟亲情相比，真的是很微不足道。荣誉归根结底是身外之物，可是精神上的东西，怎么都不能丢的。

进价即销价造就马业奇葩

段功蔚

纸上得来终觉浅，绝知此事要躬行。

——宋·陆游

朗林生长在长春，吉林大学毕业后进入长春一汽。1998年，他下海开一家叫“川正福”的火锅店。他的品牌连锁火锅店兴旺时有12家直营店，最大的一家有5000平方米，年销售额超过1亿元。2004年，从小爱马的他在吉林市郊成立了一家马术俱乐部。

2006年，内蒙古自治区兴安盟科右中旗政府找到他，由于该旗每年都要举办全国赛马与那达慕大会，急需一位爱马又懂得生意的经营者。通过中国马业协会，他们发现朗林是最合适的人选。几个月后，莱德马业公司正式挂牌成立。

朗林认为，要经营好马业，关键是提高马的品种质量。他决定从新西兰、爱尔兰等国家引进纯血马。最为大众化的纯血马价格十几万元人民币，他开始制定自己的价格策略：纯血马的进价10万元；关税、中国和销售国的隔离检疫费，再加上运费，大约12万元。两项相加22万元，朗林在国内的销价定为22万元。

有人也许会问：如此定价，莱德公司赚什么？回答是：每经营一匹马，公司赚得不多，但肯定有赚。奥秘是：这22万元的进价，是社会平均成本。其他商家每次进口不超过10匹，朗林一次进来就是100匹。别人只能以一般运输工具运往国内，他却包专机将100匹马一次性运到沈阳桃仙机场，再用挂车运

到科右中旗的隔离场。这样一来，莱德每匹马的运输、检疫等费用摊下来就只有8万元了，至此大家也许明白了：他赚的就是这4万元的差价。

为落实这一价格策略，他选择走大众化之路。之所以如此，源于他开火锅店得来的经验。当时，别的火锅店人均消费定位40至50元，他却取别人的下限再拦腰一砍：20元。他的想法是，如果人均消费价位定高了，就相当于拒绝了工薪阶层，而那些有钱人未必来此消费，很容易把自己逼到死角。换到引进纯血马的问题上，朗林认为，金字塔中底端是生意的基石，平均利润小但市场巨大，最终的绝对利润是非常可观的。

实施中低端战略说到底走的是规模效应之路，也就是把养马这个畜牧业工业化。为此，朗林为莱德制订了员工手册。由于职员大多是就地招收来的牧民，其文化程度低。因此，员工手册都被朗林配上示意图，力求少用文字，不至于引起歧义；每个岗位的工作细化到半小时甚至一刻钟，每天周而复始，严格执行。

老牧民们开始时纷纷表示不理解：你雇用我们来养马，难道不是因为我有20年的经验？朗林的回答是：一个人能养10匹，如果养100匹需要多少人？1000匹呢？

他的意思是：只有标准化才能做到工业化，然后才能进行规模经营实现量产。有了批量才能做到大众化，落实中低端战略，也就拥有了边际效应，保证了绝对利润。

在推进工业化实行标准化过程中，朗林还邀请新西兰马王、兽医来中国指导，同时聘请当地专家到公司任职。他还组建了新西兰分公司，直接采用其标准化管理。

“楼外马缨才一朵，红上了，最高枝。”由于莱德公司站到了行业的制高点，中国马业市场里只有莱德一家拿到风投，且数额高达1亿元。

为提高资金使用效率，在工业化标准化的基础上，莱德对本地的马进行改良，通过杂交，将蒙古马改良成半血马，其价格是原来的10多倍。他还推出一批比赛过的中高端马，虽说是良骥，销价依然是22万元，坚持低端路线。这些马非常抢手，因销量大，效益也水涨船高。未来2年，莱德公司每年的营业收入将超过3亿元。

更具战略意义的是，如今一个“横跨畜牧业、竞技体育业和休闲农业”的构架已初步形成。朗林说，在美国，马业已经超过铁路业和影视业，成为第五大产业，市场盘子足有几千亿美元。可见在中国，马业是大有可为的空白产业。3亿元营业收入也只不过是“九马一毛”。

以进价为销价，看起来是天方夜谭，但只要有一个善于发现商机的头脑，果敢地走大众化路线，并能让利于民，一些看起来不大可能的事，才蕴含着巨大商机。

不得不承认，在创业致富道路上独到的眼光是很珍贵的品质。

先看反面再看正面

程刚

祸兮福所倚，福兮祸所伏。

——老子

他从小生长在一个富裕的家庭，受过良好教育。那一年，父亲得了一场大病，估计自己快不行了，便把他叫到跟前，拿出一张白纸对他说："儿子，你看这上面有什么？"他看了一下，什么也没有，便对父亲说："白纸一张，什么也没有。"父亲笑了，立即把纸转过来让他看背面，上面写着一行字：先看反面再看正面。父亲意味深长地告诉他，无论什么事都有正反面，人们习惯思维总是看正面却不知道看反面，从而错过了许多东西。如果父亲走了，这辈子无论你做什么，你一定要记住这句话：先看反面再看正面。这个小小的教育对他启发很深，以至后来一直在影响着他的人生。

那一年，他开始自己的创业生涯。他想开一家让青少年也买得起的休闲服饰店，采取自助式销售，并选定广岛中心区试运行。因为担心场面冷清，他在店面开业前做足了宣传，电视、广播滚动播出开业信息。结果，他成功了，当天光顾的人特别多。当地电视台想跟踪报道这一情况。员工们听后非常兴奋，建议他先拟一个稿子，好好地夸一下这个店，将来生意肯定会更好。可令他们没想到的是，他在接受采访时却说："非常抱歉，店面很小，现在大家都来的话可能进不了店里，所以请大家来的时候错开时间。"可就是这句看似对销售不利的话语，却让第二天来买衣服的青年人猛增……许多员工想不明白这是怎么一回事，他第一次为员工们灌输他的经营理念："先看反面再看正面。"

这一年，他的公司早已成为国内服装销售领头羊，业绩像井喷一样向上窜，准备在全国新开设30家分店。他面向全国发起了这样一个活动：谁能讲出公司品牌的毛病，我们将奖赏给他50万。这个决定差点让所有销售人员辞职，这无疑是在给公司抹黑，可没人能劝得了他。批评信如雪片般飞来：洗了两回腋下就破了、洗一次领口就变松了、样式怎么这难看呢……他亲自带领人员统计这些毛病，整理出50条，凡是批评在这50条之内有涉及的，他真的发给了50万。他将这50条发给全部员工，要求彻底解决这些问题，几个月后，公司业绩不但没有下滑，反而又有了飞跃，公司人员这一回彻底领略了他的先看反面再看正面的理论。

他的事业成功后，认为公司名实在太长消费者不容易记住，因此，他决定将店名缩短为UNICLO。那一年，这个品牌在香港登记，可却被错误地写成了UNIQLO，这可是重大的失误，员工建议法律解决，寻求赔偿。可他看到这个名字后，突然感觉Q这个字母看起来比C更有型，于是决定放弃赔偿，不但不打官司，而且将日本店面全都改名为UNIQLO，并将这件事情公布于众，结果，这一名字迅速在日本窜红，短时间内家喻户晓。

他叫柳井正，日本迅销有限公司(Fast Retailing)主席兼首席执行官，旗下著名品牌“优衣库”(Uniqlo)是日本休闲服装领军企业。2013年亚洲富豪最新排名第五，资产达204亿美元。他的所有员工都有一个信条：“任何事物都有正反面，先看反面再看正面，会有意想不到的收获。”

任何事情都是有两面性的，如果我们抱着一分为二的眼光看待问题，那获得的就会更多。

与世界温柔相待

第二辑 把"但是"改为"而且"

"而且"或者"但是",不过是变换了说话方式,可是对方承接到的讯息却是截然不同的。我们是否应该反思,对于孩子的教育,有没有需要改进和提高的地方。

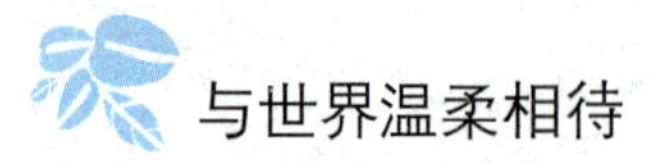

给自己买件红衣服

庞启帆

人在智慧上应当是明豁的，道德上应该是清白的，身体上应该是清洁的。

——契诃夫

一天上午，一个20岁左右的年轻人来到了纽约市的一栋在建的摩天大楼的工地。他找到那位建筑承包商，问道："先生，我该如何做才能像你一样有钱？"

承包商瞅了一眼年轻人，然后说道："年轻人，我先给你讲一个关于三个挖沟人的故事。第一个人拄着铲子站在工地边说，他将来一定要当老板。第二个人成天抱怨工作时间长，报酬低。第三个人什么也没说，只是埋头挖沟。若干年后，第一个人仍然拄着铲子，第二个人虚报了一个工伤的理由提前退休了。第三个人呢？他成了那家公司的老板。年轻人，你听明白这个故事的寓意了吗？如果听明白了，就去买一件红色的衣服，然后埋头苦干。"

年轻人满脸困惑地看着承包商。承包商耸耸肩，然后指着正在脚手架上工作的工人，对年轻人说："看到那些人了吗？他们全都是我的工人。我记不住他们每个人的名字，甚至有些人的面孔，我连印象都没有。但是他们当中那个穿红色衣服的家伙，我很早就注意到他了。你仔细瞧瞧，看到了吧？他似乎比别人干得更卖力。每次出工，他总是比别人早一点到达工地，工作时他也比较拼命。而收工时，他总是在最后一个。就因为他穿着那件红衣服，所以他在这帮工人当中特别突出。待会儿我就过去找他，让他当我的监工。我相信他今后会更加努力，也许在不久的将来，他会成为我的副手。"

听了承包商的话，年轻人激动地说："先生，谢谢你的指点。无论我今后做什么,我都会卖力去干,努力让自己在众人当中脱颖而出。"

承包商拍了拍年轻人的肩膀,继续说:"年轻人,我也是这样爬上来的。我比别人卖力工作,比别人表现得要好。如果我当初跟大家一样穿蓝色的工作服,那么老板就很可能不会发现我了。那些日子,我天天都穿红色的衣服,埋头苦干。不久,老板就注意到了我,升我做了工头。后来,我存够了钱,成立了一家小型建筑公司。发展到今天,我的建筑公司已经是整个纽约市屈指可数的大型建筑公司。"

成功产生于行动。瞄准你的奋斗目标,穿上你的"红衣服",从现在起就开始行动起来吧!

每个人都本能地感觉到所有美丽的情感加在一起也比不上一个值得敬佩的举动。

烙饼卷肉的女人

星船

不要失去信心,只要坚持不懈,就终会有成果的。

——钱学森

小区门口新开了一家饼卷肉店。生意出人意料的红火。每次还不到饭点时间,就排起了长长的队伍。连我这个不怎么在外面吃饭,尤其不光顾新开张小店儿的人,也破例加入到了买饼卷肉的行例。

方圆几里的人都闻名过来买饼卷肉。饼卷肉这么受欢迎,可不仅仅凭着特色饼卷肉口感好,色、香、味俱全,还因为价格便宜。一张仅 5 元钱,如果想多放肉的话,也可以,10 元封顶,足够一个饭量大的人饱饱的吃一顿。最重要的是,肉是现做的。每天早饭后,就有一个 60 多岁的老人从热气腾腾的大黑铁锅里捞骨头剔肉了。那新鲜或红或白的嫩肉,堆在橱窗里,煞是引人。

烙饼的是一个看上去有 30 多岁的女人,中等个头,身材略微显瘦。瓜子脸,皮肤暗黄又有些粗糙,有时还油光满面的。两道眉毛是绣过的,浅褐色。一双丹凤小眼,笑眯眯的。嘴角上翘,说一口我们邻县的方言。头发随意顺在脑后,或扎,或盘。穿着也很随意,大多是短袖和休闲裤。身上围着一个花色的护裙,在烙饼台前,手脚不停地忙碌着。

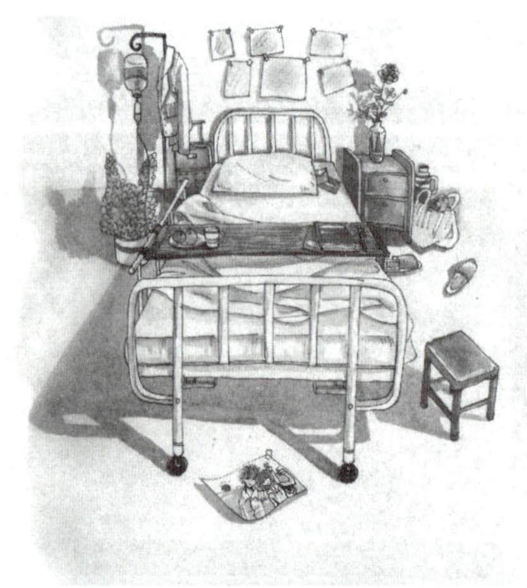

在她的手里,几乎用不到 2 分钟的

时间，一张松软酥脆的饼卷肉就出锅了。只见她从身后的一个大红色的瓷面盆里，拽上一块面，团成一个圆饼，用一根中间粗两头尖的大擀杖三下五除二，变成一张薄饼，放在凸形的还冒着烟气的黑铁烙子上，然后用一根扁竹炳——类似于市场上卖的那种挠痒痒的竹竿炳——从饼下面的中部一挑，把饼翻过来，片刻，再用扁竹炳把饼从左右两边轻翻折叠，随即再把饼撑开，撒上现做的剔骨肉，拌上青菜，麻利的把饼一卷，在拽下一块面的当儿，饼卷肉在烙子上嗤嗤地响着，随即一拿，薄皮大馅，油多饼香肉鲜的饼卷肉就出锅了，让人看了垂涎欲滴。

看她的动作娴熟、麻利，我就问："你烙饼多长时间了？烙得又快又好。"

"一年了。"

"好学吗？"

"一开始不好学。时间长了，越练越熟练。"

"你多大了？"

"25。"

看上去比实际年龄要大些，但是我没敢说。

"一天烙多少张啊？"

"那数不清了。最少得有上百斤面吧。"

她很讲规则，很守信诺，排队的人谁也不能插队。有一次我急着赶时间，眼看着在外面排队已经该轮到我了，可她却先给在屋里吃饭的人烙，说人家是先排的。其实他们在屋里还在喝酒，不着急吃的。我说："我都是老常客了，你就不能给挤一张？"她笑着说："不能，你还得等一会儿。"我后面的人等得也很着急，说给我们挤出两张就行了。可她笑而不答，宁可你们等不及走人。

"你不累吗？"在买饼的当儿，我跟她闲聊。

"能不累吗？"她边烙边笑着说。

"晚上累得不能动吧？"

"晚上闲着时，倒不感觉累。就是早晨醒来后，腰酸背痛胳膊疼。"

"那你不嫌累吗？"

“是的。有时也不想干，但一想到你不干不行，这么多人等着吃呢，咬牙一坚持，一挺就过去了。”她无奈地笑着说。

“一挺就过去了吗？”

“真的，一挺就过去了。有心思支着你，挺过去就没事了。”她轻描淡写地说。

我心里有一种感动在涌动着。是的，做饼卷肉也需要信念和毅力。坚持一下，要挺过去。我们做其他事情又何尝不是如此呢？当我们累得不行、要松懈的时候，我们是否也能像烙饼卷肉的女人一样，坚持一下，挺过去呢？

生活中，无论我们做什么事都需要坚持，只有坚持才能让你拥有超群的实力和成功的动力，只有懂得坚持的人，才能把事情做成功。

捡来的财富

李代金

如果你把快乐告诉一个朋友,你将得到两个快乐,而如果你把忧愁向一个朋友倾诉,你将被分掉一半忧愁。

——培根

在一座荒岛上,有一个土著部落,他们与世隔绝,一直以贝壳作为货币。几百年来,他们一直过着平静的生活,日出而作,日落而息,没有谁比谁富有,也没有谁比谁贫穷,大家都生活得挺幸福。

其中有一个土著人比别人更聪明。他想:贝壳能换来所需要的一切,要是拥有更多的贝壳的话,那不是很富有吗?于是这个土著人不再去劳作。当别人去劳作的时候,他就跑到海边去捡贝壳。这个土著人每天都去海边捡贝壳,他家里的贝壳越来越多——他越来越富有。当然,他用贝壳换来了食物,换来了衣服,甚至换来了更大更美的房子。

这个土著人是整个部落最富有的人,但是,他并没有停止捡贝壳。有羡慕这个土著人的人跟踪了他,发现了他富有的秘密,于是发现秘密的这个人也不再劳作,也跑到海边去捡贝壳。这个人也天天去海边捡贝壳,当然,他家里的贝壳越来越多——他越来越富有。当然,他用贝壳换来了食物,换来了衣服,甚至换来了漂亮的家具。

岛上的其他土著人觉得很奇怪:不干活的人却更富有,这是怎么回事啊?于是他们便跟踪那两个不干活的土著人,终于,他们发现了秘密:原来他们是靠捡贝壳富有起来的!恍然大悟的人们都不再干活,都到海边去捡贝壳。大家每天都去捡贝壳,家里的贝壳越来越多——他们越来越富有。大家都很开心,都觉得自己很幸福。

到海边捡贝壳的人多了,于是贝壳就越来越难捡了。但是,大家都没有放弃,大家都想拥有更多的贝壳——做一个更加富有的人。于是大家沿着海边向前走去,到更远的海边去捡贝壳。为了捡贝壳,人们晚上也不回家,就住在海边,只要天一亮就爬起来捡贝壳。为了争夺一个贝壳,人们有时大打出手。原本和睦相处的土著人这时变得凶残起来——邻居成为敌人,兄弟成为仇人。以前,大家相互帮助,只有相互帮助,才能生活下去;现在,大家觉得只要拥有了贝壳就拥有了一切,所以,在贝壳面前,其他的一切都不重要。为了贝壳,他们可以不择手段。

大家发现自己捡来的贝壳越来越多,大家都觉得自己真富有——可以用它们换来食物,换来衣服,换来美女,换来家具,换来漂亮的大房子。然而,当大家拿着贝壳想去换来他们所需要的东西的时候,却发现大家都捡贝壳去了,没有人劳作,因此,没有食物可以交换,也没有衣服可以交换。因为这时所有的人都拥有很多贝壳,所以,想用少量贝壳换来美女和漂亮的大房子已不可能。即使给一筐贝壳,也没有谁愿意做一笔小小的交易。谁都不缺贝壳,这时的贝壳已经变得一文不值。

面对堆积如山的贝壳,土著人一个个悲痛欲绝——他们拥有了大量的贝壳,可是他们却成了最贫穷的人。

分享是一座天平,你给予他人多少,他人便回报你多少。相反,如果你是一个自私的人,那么你就永远也不会得到真正的快乐,永远交不到知心的朋友!分享是一道简单的公式,只要你解开了,便得到了成功的喜悦。

把“但是”改为“而且”

庞启帆

教育的目的是培养人的个性。

——赫·斯宾塞

我的书房的桌子上摆着一个精美的相框，相框里装的不是相片，而是一张卡片。这张卡片是我30岁生日时，我的母亲送给我的。卡片上虽然只有四句话，却对我的人生产生了很大的影响。

在这张卡片上，我的母亲称赞我为没有作家证的作家，并且列举了几件我在追求的道路上的特殊事例。她和爸爸以我为荣，而且每句话都充满了爱。

“但是”这个词在卡片上一次也没出现，然而“而且”这个词语一共用了6次之多。

每次读这张卡片（几乎每天我都读），我都被提醒：我是否也用这种方式对待我的女儿？我还问自己：我已经对她们说过多少次“但是”？

我非常清楚地记得，虽然我们的大女儿的成绩报告单经常是A，但每个学期至少都有一位老师建议她在课堂上少讲点话。我总是忘记问老师，在控制她的行为上，她是否已经有了改善，她的言论对课堂讨论的促进或者鼓励一个寡言的孩子大胆发言是否有贡献。相反，当她回家时，我几乎都是用这些话迎接她：“恭喜！你爸爸和我对你的成绩感到非常骄傲，但是拜托，你是否能在课堂上少讲点话？”

对我们的小女儿也是如此。像她的姐姐一样，她是一个可爱的、聪明的、能说会道的、友善的孩子，但她经常把她的房间和卫生间的地板当做衣橱。为此我不止说过她一次：“是的，你手脚挺利索，但是请你收拾你的房间。”

我注意到其他的父母也是这样：

“我们全家都在一起过圣诞节，但是克里斯早早就溜去玩他的新电脑游戏了。”

“曲棍球队赢了，但是勒罗伊应该得到最后的一分。”

“雪莉是校友会上最漂亮的女生，但是她现在想要200美元去买新裙子和新鞋。”但是，但是，但是……

相反，我从我的母亲那里学到的是，如果你真的想你的孩子明白你的爱，不妨多用“而且，而且，而且……”

例如，上面的话我们可以这样说：

“我们全家都在一起过圣诞节，而且克里斯在天亮前掌握了他的新电脑游戏。”

“曲棍球队赢了，而且勒罗伊在整个比赛中的表现都很出色。”

“雪莉是校友会上最漂亮的女生，而且将来会长得更漂亮。”

事实上，“但是”让人感觉很不舒服，“而且”让人感觉很愉快。对我们的孩子来说，让他们感觉舒服才是正确的教育方法。如果他们对自己的所作所为感觉良好，他们就会坚持下去，树立他们的自信心、提高他们的判断力以及与他人建立和谐的关系。当他们说的、想的、做的一切总得不到大人们的肯定，他们的喜悦就会变成难过，甚至是愤怒。

这并不是说，孩子不需要或者不会回应他们的父母的期望。实际上，不管父母的期望是好是坏，孩子们总会努力去实现。如果那些期望总是正面的、积极的，并且从中能得到耐心的教导和示范，令人惊喜的事情就会发生。因此，遇到事情，我们不妨这样说：“我知道你犯了一个错误，我相信你知道自己错在哪里，而且能在下一次做得更好，因为你是一个聪明的孩子。”或者“你已经花了几个小时做那件事，你真有耐性，而且我很乐意你向我解释一下为什么要这样做？"或者"爸爸妈妈赚钱很辛苦，而且我知道你有能力赚到钱去买自己想要的东西。"

光是对我们的孩子说爱是不够的。如果我们想在我们的家庭、社会淡化暴力的行为，我们必须更多地注意、赞扬、引导甚至学习孩子们的优点。

把"但是"改为"而且"是吹响喜悦的一个号角。这是一个挑战，更是一个让我们每天多留意孩子的优点的机会。真心相信他们总有一天也能在我们身上以及将与他们共同生活、工作和将为之服务的人身上发现优点。

而且，如果我忘记了这些，母亲送给我的卡片会提醒我的。

"而且"或者"但是"，不过是变换了说话方式，可是对方承接到的讯息却是截然不同的。我们是否应该反思，对于孩子的教育，有没有需要改进和提高的地方。

父亲的忠告

孙开元

有信心的人，可以化渺小为伟大，化平庸为神奇。

——萧伯纳

在我13岁那年，一个阳光明媚的下午，爸爸告诉了我一句话，这句话至今依然在耳边回响。

那时的我又高又瘦，像个烟囱清扫棍，站在离家不远的康涅狄格州海边的一座跳台上。我们正举行一场假期跳水比赛，在朋友们鼓励中，我进入了决赛。

另一名进入决赛的选手刚刚跳进水里。她不但跳水技术相当的棒，而且她已经17岁了，有着维纳斯般标致的身材。我羡慕地注意到，场上所有的掌声都是送给她的，这不禁让我恼火起来。当她从水里游上来时，迎接她的是观众们的口哨声和欢呼声，这不只是因为她跳得好。在她面前，我有些自惭形秽，觉得自己不配和她比赛。

这时，就在众目睽睽之下，我的泳衣上身的关键扣子突然崩开了！我没有请裁判给一点时间去换泳衣，而是以这个意外当借口放弃了比赛。我用手握着胸前的泳衣，双脚朝下从跳台上跳进了水里，当然也就立刻输掉了比赛。

我爸爸正在一条小船上等着我。把我拉上船后，他没有安慰我什么，而是说："罗莎琳，你一定要记住一句话：放弃者绝不会赢，赢者绝不会放弃！"

"放弃者绝不会赢"。此后，在我想证明自己不比身边的男孩子差时，在我从干草棚上跳下来摔断了腿时，我都低声对自己说着这句话。这句话伴随着我成长起来。

多年后的一天，我走进了纽约一间小排练室学习舞蹈课，为在一个音乐喜剧里扮演角色做准备。舞蹈训练很难，我感觉自己永远也学不会似的。“这个音乐节奏快，恐怕你的腿太长，跟不上。”教练不耐烦地说。

我气得满脸通红，拿起夹克就往外走。这时，我突然想起了跳水的那一天。我把夹克放了回去，站在自己的位置上继续练习，练到我的双脚都麻木了，但我最终掌握了这个舞蹈动作。

和很多简单的道理一样，我遇到的麻烦越大，就越是感到他这句话的深刻。后来我去了好莱坞，事业刚见起色就陷入了最可怕的低谷。那时，我很长时间都是在扮演一个职业女性，但我觉得自己的未来是在喜剧角色中。可是，没一个人想要给我机会走出困境。一天下午，我感觉再也受不了了，就去找导演。“我已经是第19次扮演这个角色了，演恶心了。”我抗议说，“我无法再从这个角色里学到任何东西了，就连我每次上台用的桌子都是一样的。”但是导演根本没心思听我的话。

后来，我看到出现了一个扮演喜剧角色的机会，就一次又一次地央求着要演这个自己喜欢的角色。为了让我闭住嘴，导演终于给我安排了一次试镜。我按导演的要求，以四种不同的角度来试演这个角色。试镜结束后我问他：“我可以演吗？只一次，以我的方式。”

我曾经一连几个星期在更衣室的镜子前以“我的方式”练习过，虽然我不敢肯定自己有机会扮演这个角色。现在导演回答：“罗莎琳，你演得还真有些感觉。”于是，他让我在电影《女人们》中扮演西尔维娅——这个角色为我在事业中开创了一个全新的时期。

爸爸的这句箴言在我的个人生活中也在一直支撑着我。我以前从不知道

“病”是什么滋味，可在我的儿子兰斯出生后，疾病就成了我的常客。在我的健康每况愈下的时候，我老想用酒精和催眠药来麻醉自己。“放弃有什么不好？”我问着自己，“我应该认命。”

但是我再一次想起了爸爸的那句话，没有沉沦下去。经过了四年的休养，我又回到了正常的、积极的生活。

后来，我出演过许多部电影。作为肯尼修女基金会的联合主席，我每周还要抽出一些时间去那里做工作。在忙碌中，我忘记了自身的烦恼。和那些我在医院里帮助过的患有小儿麻痹的孩子们相比，我自己的任何麻烦都显得微不足道。

我始终在心里感谢着爸爸。在我 13 岁那年跳进海水中时，是他把我拉了上来。没有爸爸那句箴言的指引，我不知有多少次会在生活这片海洋中茫然飘荡。

人生难免处处受挫，可是一股不服输的精神，却可以支撑我们走到最后，然后开拓自己的事业。不服输，是一种人生该有的本色。

与恐惧同行

唐风

命运害怕勇敢的人，而专去欺负胆小鬼。

——塞涅卡

收到诺克斯学院的演讲邀请时，我得承认：我不知道自己是否是你们希望能给予忠告的人。在我出演的电影里，我扮演的角色总是喜欢出馊主意，却又不长记性。所以我有些紧张，有些害怕，不知道讲些什么才好。

但是后来，我想起了自己小时候的经历，我觉得一定要和你们分享。是的，我今天要告诉你们的就是：恐惧是我们的良师。事实上，我们生活中最有价值、最具启迪性的事情之一，就是"恐惧"。

在我八岁那年，第一次看了喜剧节目《星期六之夜》。这个节目把我看傻了。我根本理解不了里面的笑话，不过还是迷上了里面的热闹场景，而且很想成为节目中的一个角色。随着年龄增长，我当喜剧演员的愿望越发强烈了。终于大学毕业后，我去了纽约，却找了个电影助理剪辑员的工作。

这不是我的理想，但是我想得开。"我需要挣钱，而且这工作能教会我制作电影的过程。对电影设备有所了解之后，我以后就能拍出自己的喜剧电影。"我一边这样给自己打气，一边卖力地工作。可以说，我干得很在行，不久成了纽约一家顶级电影后期制作公司的助理剪辑员，并且在上世纪90年代承担了美国"超级碗"橄榄球大赛的一部分广告制作。我在这一领域即将成为专家，在创造性劳动中也获得了极大的成就感。

后来老板对我说："你干得不错，咱们成立自己的公司吧！"那时我刚25岁，初出茅庐，就要成为专业剪辑员，雇佣自己的助手。我的收入将翻若干倍，成为电影制作业巨头的诱惑在向我召唤!

然而,我的心里却像揣了个兔子,上下扑腾。我在静静思考之后发现,这只“兔子”就是深深的恐惧。我怕的是什么呢?我在心里向恐惧发问:“你为何来我这里?意欲何为?”恐惧回答:“不要怕,你其实挺棒的!”我进一步质问,它终于回答:“我之所以来你这里,是因为你害怕在喜剧行业里失败。我提醒你,这也正是当年你来纽约的真实原因。”

这对于我来说无疑是一记当头棒喝。通过深入考问,恐惧为我揭示出了自己的真正理想,成了我人生路上的主要罗盘。我发自内心地感激恐惧。它回答:“不客气,这正是我来的目的。”我于是顿开茅塞:如果你允许恐惧的到来,它就会成为你通往成功生活路途中的一个心灵导师。

我们有必要知道的是,每个人对于成功生活都有自己的定义。也许你想当总统,也许你想将来成为一个优秀的家长,或者是更普通的愿望,所有的选择都是一样的高贵。

当我们问自己想要的是什么,这个问题很容易找到答案。但是另一个更具挑战、却能让你豁然开朗的问题,要想找到答案就艰难多了,这个问题很简单:我惧怕的是什么?

明白之后,我一头扎进了纽约喜剧电影这一竞争激烈的“鲨鱼箱”。在你前几次上台时,你会崭露一下头角。你会演得很顺手,那主要是因为你一时的冲劲,而且为演出做了充足的准备。然后你就会第一次出现失败,甚至一败涂地。所有人都会鼓励你:“忘掉它吧,你只要坚持下去就会好的。”我觉得很多喜剧演员就是在这一时刻承认自己彻底失败的。

只要你探索新事物的欲望大于满足现状的愿望,你就走在了人生的正

轨上。一种勇于发现的生活所收获的，比谨小慎微的生活收获的要无限丰富。

可是你忘不掉：当你在一种你热爱的事业中失败，最让你痛苦的不是你外在所出的差错，而是你的内在感受，经久难忘。

所以在我选择当喜剧演员时，我又害怕了，十分害怕，因为我为了追寻梦想，做出了人生中的重大改变。但是我已经学会了更深入地探究自己的内心。所以，在一次演出结束后我问恐惧："我开始演出了，你觉得如何？"我的恐惧回答："昨晚你在台上演砸了，这很丢脸。所以我想告诉你：不要再上台了。"我随即问了一个更要紧的问题："如果我非要上台呢？"恐惧颤抖了一下，因为它讨厌真相，但最后还是哑着声音说："那样你还会在这里，对吗？即使你再次演砸……你还会在这里。你很幸运，假如你没和我对话，你就不会知道这些。观众的冷淡虽然让你无地自容，但确实是很好的反馈。观众们大笑时说明你演得好，而他们的面无表情对你来说更有价值：一个两天前的笑料在今天晚上还会逗得观众哄堂大笑？"

和以前一样，恐惧实实在在地帮助我提高了演技。我有自己在台上表演单口喜剧的录音，在播放收听这些录音时把自己吓了一跳，我听出了自己的声音在微微颤抖，听到了观众们随着剧情而发出的噪音，听出了许多细节。于是我据此做了调整，演出效果更好了，好了很多。如果我没有演砸的时候，没有倾听恐惧点醒我应该关注何处，我绝不会有这样大的进步。

当然，恐惧是不会说话的，是我把它形象化了，给了它一个发言的机会。也就是说，如果你能和你的恐惧保持一个良好关系，它就会告诉你很多宝贵的东西，而不仅仅是害怕。

如果我们的祖先没有恐惧感，我们整个人类也许早就被各种大型野兽给消灭了。但是换个角度讲,如果我们从没认真审视过自己的恐惧,也就不会发明那么多有趣的东西,比如美味汉堡包。我们可以这样说:“成功蕴藏在恐惧和发现之间的紧张感中。”

所以不要害怕恐惧,因为它会磨炼你、激励你,让你变得更强大;当你逃避恐惧时,你也逃避了一个发现最优秀自己的良机。

今天我再次直面了我的恐惧,我通过它考问自己,明白了在你们开启人生崭新旅程的今天,一个穿着不合身的毕业礼服的所谓名人可以给你们提出一些什么样的有用忠告。

确实,和生活中其他事物一样,你只有经历了恐惧,才能真正理解它。所以,投入地生活吧,拿出一些冒险精神,要相信自己克服困难的能力。

还要相信你的直觉,相信你的热情,相信你的感受,相信你的爱。要相信在你那无坚不摧的热情和才华面前,就连恐惧本身都会退却、消失。

恐惧给予你的,不仅是勇气的丧失,还有对生活的绝望。克服恐惧,那些你一直梦想的东西便会如约而至。

倾听自己的心声

孙开元

梦想，是坚信自己的信念，完成理想的欲望和永不放弃的坚持，是每个拥有她的人最伟大的财富。

——任初七

无论在任何时候，你通常都无法预见到你脚下的路将通往何方。想法归想法，它无法保证能带你走上一条理想的道路。在我年轻时，我从没预见到自己有一天会成为惠普公司的首席执行官。所以，你不但要学会倾听自己的心声，还要学会倾听自己的勇气。一个人必须要能够把目光超越于眼下要做出的选择，然后勇于实现更大的梦想，勇于为了可能的目标而奋斗，勇于真正地去追求一些重要的东西。

直到今天我才懂得，我是在4岁时就开始了自己的职业生涯。那时我向我的父母亲和全世界宣布："妈妈、爸爸，我想当一名消防队员！"可你们必须知道，我之所以那样说并不是出于保民一方的伟大愿望，我那时的想法远没有那么复杂。事实上，我那么说只是因为我喜欢红颜色，而且我觉得黑色和白色的、身上带着斑点的搜救犬真的很酷。但

现在，当我回忆过去，我看到的是一个无所畏惧地决定终生走上一条陌生道路的孩子，我看到的是无论孩子有何目标，都会给其鼓励的一对父母。

当然，我现在还看清了，当初我是在决定放弃法学院的那一天就开始走上了成为一名 CEO 的道路的。在我明白了当一名消防队员实际上比红颜色和搜救犬要复杂得多的时候，在我知道我自己永远无法像我那位艺术家妈妈一样画画的时候，我很自然地想到，我可以跟随父亲的脚步走。你们知道，我父亲是一名法学教授，并且是法官，他给我的指点和作出的榜样对于我来说从来都是至高无上的。所以，当我在斯坦福大学学完中世纪课程后，我去了法学院。那时我走的是逻辑性的道路，我自己，还有其他人，向来都觉得我一定会做出这样的选择。而我则是想让父亲因为我而感到骄傲，所以我想追随他的脚步走。

但当我在法学院艰苦地学习时，我很快就发现，我并不喜欢学习法律。并且对我而言，在一件案例上争论不休的感觉很让我受拘束。我父亲喜欢法律，到现在仍然喜欢。所以当我遇到了理性上的挑战时，另一半的我静了下来，他让我痛苦地面临着两难的选择：我应该选择冒险而让父亲失望，还是应该在法学院继续撑下去？或者说，我应该另谋出路，让自己从逻辑的路上解脱出来？

在这个问题折磨我的这段时间，说真的，我有三个月没睡着觉，当我想好之后，我不再犹豫，离开了法学院。那时我做出的这个决定让人感觉是任性的、草率的，我父亲更是这样认为。但那确实是我人生中的重要一课，也是我踏上属于自己的旅程的一个标志。

生活会以种种意想不到的方式教给你经验教训，对此我深信不疑。那一次生活中的重大转折教给了我这样一课：要钟爱你所做的事情，否则就不要去做。无论是在事业上还是在生活中，不要仅仅为了取悦他人，或者是为了在别人眼里看上去是项伟大的事业，甚至因为它看起来好像在你当时的人生路上是理所当然之事而做出选择，也许你们现在就是这样。但我必须要告诉你们，你们选择去做一件事情，一定要看它是不是吸引了你的心和才智，是不是吸引了你的全部热情。记住，作为一所世界级大学的毕业生，作为一名在这里拿到了电子工程、或是物理学、计算机科学、建筑学学位证书的毕业生，选择的自由现在属于你们。

为了充分发挥这个自由的作用，你们就要动用起你们的才智、你们的心和你们的勇气。自由地选择有时会让人感觉是个可怕的负担，但是只要我们懂得如何奉献出自己的全部身心，只要我们认识到，我们拥有在人生旅途上拼搏的一切所需之物时，这个"负担"就会焕发出灿烂的光华。

现在，在麻省理工学院的这个上午，我们在庆祝着你们才智的毕业。要知道你们的才智在这段受教育的时期里表现得出色之极，你们不容置疑地证实了自己能够吸取知识、能够发明、能够创造。毫无疑问，你们储存在大脑里的知识将成为你们的无价之宝。然而，人生不能单纯地依靠才智。尤其是当你们离开这里的时候，当你们开始了人生第二阶段的重要旅程的时候，你们就要懂得如何倾听自己的心声。当然，现在对于你们当中的一些人来讲，按照自己的心发挥出你们的全部能量是一件自然而然的事情，你们会觉得这很简单，也许你们在出生时就有了这个本事。但对于我们另一部分人来说，达到那种境界还需要一个过程，也许需要几年、几十年。而且我不得不说，我们当中的一些人也许永远也不能完全地了解自己，但我们必须要始终为之努力。

如果你做到了这些，那么当你回首往事，或者以后也在这个讲台前俯视台下时，你就会知道，你给自己选择的道路是你送给自己的一件最珍贵的礼物，而且你已经尽自己所能地充分利用好了你的这份珍贵的礼物。

你要去向哪里，你要成为什么样的人，你要做什么事？当你一步步沿着你所想的那样去努力的时候，你就是幸福的。

你想不到的蚂蟥“克星”

纳兰泽芸

赞美是美德的影子。

——塞·巴特勒

蚂蟥够可怕了吧？可是却有一种力量，竟成了它的“克星“，让儿时的我抵挡住了对蚂蟥的恐惧。

时隔多年光阴，想起来仍是令人低徊。这究竟是什么力量呢？

二十多年前，当我还是个小孩子的时候，我最恐惧的是水田里的蚂蟥。

在我幼小的心里，我觉得这世上最可怕的东西也许就是吸血的蚂蟥了。长长的、粗粗的呈现着令人恶心的墨绿色，两端都有吸盘。水田里淤泥很深，穿胶靴做事不方便，没办法只得光着脚，这可让饥饿的蚂蟥逮着机会了。蚂蟥的头部有吸盘，吸血的同时分泌一种抗凝血物质，有麻醉作用，所以蚂蟥吸血的时候一般感觉不到痛。蚂蟥非常能耐饥饿，有时能一年不吃任何东西，但逮到了机会就会撑死了也不松口，能吸大于自身体重 2 到 10 倍的血。吸饱了血的蚂蟥鼓胀着隐隐红色的肚子，看着令人头皮发麻。

蚂蟥吸血不痛，但感觉灵敏的人会觉得有一点痒。没经验的我，感觉腿痒就会自然地伸手去抓，一抓碰到软乎乎冰凉凉的东西，吓得脸色煞白。

蚂蟥的生命力特强，就算把它切成十几段，过不了多久，这些割成段的又长成十几条完整的蚂蟥。

常常在水田里干着活，从淤泥里拔出腿的时候，赫然发现腿上趴着好几只花斑斑、圆滚滚如手指粗的蚂蟥，正在贪婪地狠命吸着我的血，吓得尖叫不已。一开始没经验，条件反射地用手去拽，可是越拽它会吸得越紧，扯得老长也扯不掉。就算把这头拽下来了，那头的吸盘又吸了上去。如果实在扯狠了，蚂蟥的吸盘扯断了就会留在伤口里，就会发炎。有经验的哥哥或妈妈过来，操起巴掌狠劲拍，蚂蟥被拍得抵挡不住身子一缩，掉下水田。因为蚂蟥在吸血时分泌抗凝血物质，所以咬过的伤口不容易止血，拍下蚂蟥后腿上往往有好几处还在不断往下流血。

我怕下水田。一想到水田里的蚂蟥，我就想哭。可是当乡村"双抢"时节来临时，哭也不行，人手极缺，我这个六七岁的小孩子，一样要被赶到田里去拔秧。

"双抢"，顾名思义，要两边"抢"。抢什么，先抢着收割早稻归仓，然后耕田，再抢着把晚稻秧苗在立秋之前插下田。不能晚于立秋，立秋当天夜里零点之前与零点之后插下去的秧苗，长势会截然不同。所以立秋当天晚上零点之前的水田里，就会有许多人就着模糊的星光加紧插秧。

我人太小，插不了秧，那就拔秧。

我和两个哥哥负责拔秧，把秧苗拔好，洗掉秧苗根部的泥，再捆成一个个小捆。由妈妈把一小捆一小捆的秧苗挑到大田去插。正午的水田水被太阳晒得滚烫，我们在烈日下汗如雨下。

那一天，天闷热无比，我和哥哥拔秧，没几天要立秋了，家里还有三块大田没有插秧，爸妈很着急，就请了已经搞完双抢的两个姑姑来帮忙插秧。

下田前我就不停地哭，我说我怕蚂蟥咬。妈妈说，今天没事，早晨我刚刚打了化肥，蚂蟥怕化肥的气味，不敢出来了。

听了妈妈的话，我喜出望外，就高高兴兴地下了田。多了两个姑姑插秧，秧苗需求量大大上升，我和两个哥哥拔得头也不敢抬。

我正拔得专注，无意中抬起腿，赫然看到腿上趴着好几条粗粗长长的绿花蚂蟥。我吓得"啊"地尖叫一声，扔下手里的秧把，就往田埂上跑，说什么也不肯再下田了。

妈妈又担着空筐来挑秧苗了。少了一个人拔秧，秧苗更加不够插了。妈妈见我不肯下田，就说："刚才两个姑姑还说：'小霞拔的秧，捆得最整齐，洗得也最干净,比两个哥哥拔的秧好插多了。'”爸爸也说:“我们家小霞人最小,做事情还最好……”

妈妈后来又不知从哪里弄来一点盐,抹在我的腿上,妈妈说蚂蟥怕盐味,抹了盐就不咬了。

当时腿上被蚂蟥叮咬过的伤口还在流着血,可是我却用田沟里的水洗了洗伤口,又下田拔秧去了。

拔秧的时候,回味着姑姑们和爸爸夸赞我的话,我的心里甜滋滋的,竟不觉得日头的毒辣和田里的水烫人了,越拔越有劲。事实证明,腿上抹盐也不能完全防蚂蟥,我的腿上后来又叮上好几条蚂蟥。可是奇怪,我竟不是特别恐惧了,用秧把使劲把它们拍下来,又继续拔秧了,因为我的耳边总是萦绕着姑姑和爸爸的话:“小霞人最小,做事情最好……”

多年后,我努力考学跳出了农门,再也不用光着腿去水田里拔秧了。然而,七岁时的那一幕常常在眼前映现。现在想来,当时姑姑和爸爸夸我的那番话,也许是妈妈为了哄我继续拔秧而编出来的。可就是这几句话,竟成了可怕蚂蟥的“克星”。

应该说,小时候的我对蚂蟥不是一般的恐惧。那时还听说一个传闻,说一个小女孩在河里洗澡时一只大蚂蟥钻进了她肚子里,然后又在里面吸血繁殖,小女孩的肚子不断长大,面黄肌瘦,人们都以为她怀孕了,纷纷鄙视她作风不好。女孩的父亲也以为女儿败坏门风,天天责骂她。女儿的母亲很心疼女孩,有一天炖了一只鸡给女孩吃,正准备吃的时候父亲回来了,女孩吓得把盛鸡的汤罐坐在屁股底下,女孩肚里的蚂蟥闻到香味,纷纷从肚子里爬出来。父亲这才明白了真相,女孩的屈辱才得以洗清。

我自己也是一个小女孩，所以对这个传闻记得最牢，毛骨悚然，更增添了对蚂蟥的恐惧之心。

我常常在想："是什么巨大的力量成了蚂蟥的"克星"，让七岁的我竟然战胜了对可怕蚂蟥的恐惧呢？"

对，你说对了。这种巨大力量就是"鼓励"与"肯定"，简而言之：夸。

一个朋友女儿的作文写得非常好，才上小学就在学校小有名气。有人向他讨教经验，朋友说："一个字——夸！"原来他女儿的作文也不是天生就写得好。女儿初写作文，用词不当和字句不通的地方满纸皆是，但就是这样的作文朋友从来不批评女儿，而是在全家人吃晚饭的时候，让女儿把自己的作文在饭桌上念出来。念完之后，朋友带头鼓掌，说写得好，有进步，争取下一篇写得更好！女儿当然是非常高兴，趁她高兴的时候，朋友再一一指出作文中需要修正的地方，说："这句话如果这样说，会不会更好呢？"

就这样，女儿的作文水平在父亲"夸"声中越写越好，越写越精。

有一个真实的事件：一位母亲用她的"夸"，将孩子从多动症患者变成了一位清华大学的学子。这个孩子在幼儿园开家长会时，老师毫不留情地对母亲说："你儿子有多动症，三分钟都坐不住！"大庭广众之下的母亲非常羞愧，但她还是对孩子说："老师表扬你了，说你有了进步，原来一分钟都坐不住现在能坐三分钟了！"孩子听了非常开心，在母亲的夸声中，渐渐克服了多动症的毛病。

这个孩子天生不聪明。上小学时家长会上，老师说："你的孩子成绩很差，这次考试第50名。"母亲忍住羞愧对孩子说："老师说你有进步，再努力一些就能赶上你的同桌啦，他是25名！"于是，孩子朝着第25名这个目标努力。

上初中时，孩子从差生名单上消失了。高中时，老师说："你的孩子成绩还可以，但考取重点大学不太可能。"母亲对孩子说："老师说你成绩很好，只要再努力一些考上重点大学没有问题！"孩子更加默默奋发。高考放榜，孩子出乎所有人预料，被清华大学录取！母子抱在一起哭了，母亲说："孩子我等这一天太久了！"儿子说："妈妈，我知道我不够聪明，如果没有你一直夸我，鼓励我,我……”

著名教育家陶行知说:“幼儿如幼苗,必须培养得宜,方能发芽滋长。”给予孩子的夸奖声与鼓励如同往渴水的小苗上泼洒滋润的清霖。

其实,这不仅适用于孩子,也适用于任何人。任何人都需要夸奖,需要鼓励,人往往因缺少一句鼓励而一蹶不振。有了切实有效的鼓励,往往能将人的被动化为主动。陶行知说:“生活、工作、学习倘使都能自动,则教育之收效定能事半功倍。”

一句夸奖,能成为可怕蚂蟥的克星,让一个孩子消除对蚂蟥的巨大恐惧。

那么,一句夸奖,更能让一个普通的人成为卓越的人。

有时候打败自己的,不过是细微的事情,可是让自己成功的,不过就是旁人的一句温暖的鼓励而已。“你很好”、“你真棒”,多说鼓励的话,对别人可能就是一股很重要的力量。

杜纤纤的"侠女梦"

阿杜

每一个人都需要有人和他开诚布公地谈心。一个人尽管可以十分英勇，但他也可能十分孤独。

——海明威

1

"我最崇拜那些武功高强的侠女了，她们多威风呀！"在几个女生唧唧喳喳地聊起自己喜欢的偶像明星时，杜纤纤不合时宜地插了一句。

"切！老土！什么年代了？还侠女？"同桌邱玫不屑地抛了一个白眼给她。几个女生也迅速转移阵地，撇下杜纤纤一个人。

"侠女有什么不好呢？她们为什么都不喜欢？"杜纤纤摸着自己的大圆脸自言自语地思忖。她一直就爱看武侠书，最喜欢金庸笔下精灵古怪的黄蓉了，还梦见过自己变成像黄蓉一样冰雪聪明、风华绝代的侠女，与喜欢的人一起研习高深莫测的武功，游走江湖，除暴安良……这样的梦，她一做再做。

上课铃响时，杜纤纤回到座位，见邱玫正对着小镜子左顾右盼，于是亲热地靠过去说:“小妖精,上课了还要打扮呀!”邱玫没回头,却迅速地闪了一下身,没好气地说:“离我远点,杜侠女!”她烦透了杜纤纤,整天不是侠女就是女侠,既不知道打扮,也不知道瘦身,腰粗得像水桶也无所谓。

见邱玫不理自己,杜纤纤喃喃道:“臭美的女生就是磨叽。”“你!杜大脸……”邱玫气得不知说什么好,在老师走进教室时,马上转过身,以决绝的脊背对她。

2

经过邱玫一翻添油加醋的控诉,班上的女生决定集体排斥杜纤纤。

杜纤纤不知情。见到那些女生聚众聊天时,她还是会不知趣地凑过去。却没等她开口,邱玫就扯着嗓子叫:“一边去,杜侠女。”众女生的白眼球一时间尤如万千暗器“嗖嗖”地飞过来。杜纤纤连退三步,大声叫着:“我撤!”

没有女生搭理,杜纤纤一点都不介意,班上还有许多和她一样有着侠客梦的男生,特别是后桌杨亦,他们会从《射雕》讲到《神雕》,最后又绕到《天龙八部》。杜纤纤熟读金大侠的所有武侠著作,讲得激动时,口沫横飞,神采飞扬,还会兴奋地拍着桌子叫:“我最喜欢大英雄乔峰了……”“是呀是呀,我也喜欢乔峰。”杨亦热烈附和。

看他们一唱一和,邱玫一肚子火。她偷偷喜欢杨亦好久了,一直埋在心里不敢表露出来。杨亦长得好看,特别是那双眼睛,清澈得像水晶。他的成绩还很好。只是邱玫不敢随便和他说话,怕一看见他的眼睛就心慌意乱。

“让一让,我要过。”她冷冷地打断正在兴头上的杜纤纤,挤身出去,眼睛却偷偷地瞟了一眼杨亦,想不明白他怎么会喜欢和胖妞聊天呢?

杜纤纤不好意思地吐出半截舌头,随即挪动身体,脸却还是面对杨亦的。还真是“目不转睛”呀!邱玫见状怒目横眉。

她突然看见杜纤纤伏到杨亦的耳畔,不知嘀咕什么。两个人又开怀大笑时,邱玫狠狠地踹了墙壁一脚。她把墙当成了杜侠女,却是疼得自己忍不住落泪。

3

课堂上,邱玫搓着自己踹墙弄疼的脚,一脸痛苦。

杜纤纤见状,扭过头问:"怎么啦? 看你的样子想哭? "

邱玫忍着痛不作声,倔强地扭过头去。

"哇! 你的脚肿得像大馒头? 怎么会这样? "杜纤纤惊叫起来。连老师都引来了。

"老师,邱玫的脚肿了,她很痛,我送她去医务室吧。"杜纤纤自告奋勇。

老师看了看邱玫肿胀起来的脚,默许了,还当众表扬了她。

邱玫一脸不情愿,但又不好解释,只能任由杜纤纤搀扶着一起走出教室。才走到教室门口,邱玫却又忍不住叫痛。

"来,我背你吧! "杜纤纤半蹲着。

趴在杜纤纤宽厚的背上,邱玫心里五味杂陈,想了想,她轻声问:"纤纤,你刚才下课时和杨亦都聊了些什么呀? "

"武侠! 我们是'英雄所见略同'! "杜纤纤一边伸手抹汗,一边说。

邱玫听着,心里直生气,还"英雄"呢? 她故意在杜纤纤的背上扭动,忍不住又呻吟起来,那脚真是痛,痛彻心扉。

"别动,邱玫,肿消了就不痛了。"杜纤纤安慰道,加快了脚步。

在医务室,杜纤纤陪着邱玫,一直配合医生忙上忙下。回教室时,她一手搀扶邱玫,一手拎着帆布鞋,脸上汗渍斑斑。

邱玫歉意地说:"纤纤,辛苦你了! "

"没关系,小事一桩,这是我们侠义之士该做的。"杜纤纤说。

邱玫一直都知道杜纤纤是个热心肠的女生,对人没坏心眼。她也一直记得,有一次学校一个同学生病需要昂贵的医疗费,团委组织全校师生捐款,杜纤纤一股脑儿把自己积攒了半年的零花钱全捐了。

"邱玫,你的脚是怎么弄伤的? "杜纤纤随口问了一句。一提起这事,邱玫的脸又生硬起来。她不快地想:还不是因为你,但嘴上却说:"走路不小心岁了。”

放学时,每天坐公交的邱玫急了。人那么多,怎么挤呀?在她正着急时,杜纤纤先开口了:“邱玫,这段时间,我接送你吧!”

邱玫家离学校远,见杜纤纤这么自告奋勇,她有些过意不去地说:“那真是辛苦你了。”

“不辛苦!不辛苦!”杜纤纤一脸豪气。

4

那些天,每天都是杜纤纤载着邱玫上学、放学。其实杜纤纤和邱玫不同路,送邱玫回家后,她要绕一个大弯才能回家。

坐在自行车后架上,邱玫吹着凉爽的风,一手搂着杜纤纤的大蛮腰,一手拽着车架,心里波澜起伏。一直以来,她都不曾真诚和友善地对待过杜纤纤,还总是联合其他女生一起排斥她、嘲笑她,把她当成怪物。可是杜纤纤从没有敌对过她,每次遇见困难都是她第一个主动来帮助自己。

看着背部衣服一片濡湿的杜纤纤,邱玫心里过意不去。她伏过头去,说:“纤纤,累吗?”“还好!”杜纤纤头也没回,却更加用力地蹬车。“纤纤,我总排斥你,你会生气吗?”邱玫问,她很想知道她的想法。只是她怎么也想不到,杜纤纤居然会说:“你有排斥我吗?我没感觉到。我喜欢的武侠世界你不懂,但杨亦会懂。”说起武侠,杜纤纤又滔滔不绝。

在她们谈笑风生时,杜纤纤突然急刹车,邱玫没注意,整个人猛地冲在杜纤纤身上,两个人一起摔下车去。

“纤纤,你搞什么呀?刹车那么急?”邱玫抱怨不停。杜纤纤却没解释,她从地上爬起来后,急切地说:“邱玫,这车你自己骑回去。”然后只身往旁边的小巷口跑去。

邱玫爬起来,一脸纳闷:这个杜侠女怎么了?一惊一乍的吓死人。她扶起车骑上去,朝杜纤纤刚才跑的方向驶去。

进到巷口，邱玫傻眼了。她看见杜纤纤指着一个红头发的小混混大义凛然地骂："你想干什么？"小混混年纪不大，也就十四五岁吧。他惊愕了一下，待他转过头看清来管事的是个女生时，一脸嚣张地说："臭娘们，活得不耐烦了？"被小混混拦劫在角落的小男孩一直在哭。杜纤纤愤愤地骂："好意思吗？欺负这么点大的孩子，你还要不要脸？冲我来呀！"小混混迟疑片刻后，就阴着脸一步步朝杜纤纤走去，小男孩趁机跑远了。

"来呀，我不怕你。"杜纤纤的声音里明显透着一丝颤抖，但她没有后退。

"抢劫呀！快来人呀！"杜纤纤突然大叫起来，并且迅速抡起书包砸在已经冲到面前的小混混脸上。书包沉，那小混混被书包砸得有点晕时，杜纤纤挥舞着她的小拳头冲了过去，嘴里还不忘大叫："来人呀，有人抢劫。"小混混没想到杜纤纤一个胖女生居然敢和他打架，傻了，愣是被杜纤纤打得招架不住，然后在路人围过来前，转身逃跑了。

邱玫怔住了。她没想到杜纤纤如此神勇，真的就像传说中的"侠女"。

看着已经屁滚尿流跑远的小混混，杜纤纤跳着脚叫："看你下次还敢敲诈别人，我天天等着你。"邱玫跑上前，拉着杜纤纤的手说："纤纤，我太崇拜你了！"

杜纤纤双手抱拳，谦虚地说："哪里，哪里，这是我们侠义之士该做的事……"说着，和邱玫一起大笑起来。

5

自从杜纤纤打跑敲诈小学生的小混混后，事情经过邱玫大肆渲染，四处

宣传后，班上的女生对她的印象完全改变了。

一下课，一群女生就围在杜纤纤身边，要她教大家“女子防身术”，说要像她一样做个勇敢的侠女。

杨亦凑过来说：“杜女侠，什么时候我们笑傲江湖呀？”逗得一群女生哄堂大笑。

邱玫也笑，她再也不会嫉恨杜纤纤和杨亦总有说不完的话了。

邱玫明白：杜纤纤是一个善良的女孩，她对身边的人真诚友善，她向往的只是武侠世界里那些侠女们敢爱敢恨、勇于担当的精神。

走近一个人，了解一个人，才发现，那些以前死活看不上的缺点，也是闪闪发光的品质呢！

“鹰式”爱子

张嘉芮

小孩是经过跌倒再跌倒，才逐渐长大的。

——苏联谚语

一天上午，我去附近一个城市办事，在路上我好多次看到这样醒目的标语：再苦不能苦孩子，再穷不能穷教育。

对于后半句“再穷不能穷教育”，我是万分赞同。“百年大计，教育为本”，一个人，一个国家，一个民族，乃至整个世界的进步，都离不开“教育”二字。

然而，对于前半句“再苦不能苦孩子”，我却有一些不同的看法。中国几乎所有的母亲，给予孩子的都是百分百的爱。但是，我认为这些母亲应该向鹰妈妈学习何为真正的“爱孩子”。

鹰妈妈筑巢的时候，先衔一些荆棘铺在巢底，再在荆棘上铺一层尖锐的小石头，然后在石头上铺上羽毛、枯草之类柔软的东西。度过艰辛的孵化日子，小鹰雏从蛋里破壳而出之后，鹰妈妈叼回食物细心喂养，在妈妈的呵护下，小鹰慢慢长大，羽翼渐丰。

可是小鹰还是贪恋着温暖的巢。鹰妈妈此时便会无情地用尖喙啄小鹰，如果小鹰往巢里缩，她就会无情地搅动鹰巢，让巢里柔软的羽毛枯草纷纷掉落，露出了巢底的尖石和荆棘。这些尖锐的石头和荆棘刺得小鹰无法再往巢里畏缩，只得拼命振开双翅飞出巢外。

小鹰在巢外盘旋着，哀鸣着，仿佛在哀求：妈妈，让我回家吧。可是鹰妈妈守在巢边不让小鹰归巢，并且飞起来驱赶自己的孩子，让它们将翅膀展得更大，飞得更高。直到孩子们在妈妈的“无情”里，恋恋不舍地一边回头一边飞远，最后融入了蓝天深处。

鹰妈妈是不爱自己的孩子吗？不是，因为你会看见鹰妈妈凝望孩子背影的眼睛里仿佛有泪光在闪烁，也清楚记得她在哺育小鹰雏时深沉的爱意。

那为何她如此“无情”呢？那是因为鹰妈妈懂得那种无原则的“爱”只会让孩子变成毫无用处的可怜虫。天下没有不爱孩子的父母，但是爱之有度，爱之得当。必须警惕有些不恰当的爱有时候给孩子会留下不可弥补的弱点和遗憾。

我的一位朋友跟我说起她认识的一位犹太母亲的故事。她说这位犹太母亲在20年前不幸丈夫早亡，留下两男一女三个孩子。她在上海住了10年，带着孩子回到了以色列。在上海的10年，她对孩子也是中国式教育，家里再苦也尽量不苦着孩子。回以色列之后，两个儿子都10岁左右，女儿只有3岁多，母亲先把孩子送到学校读书，然后到街上卖点心，晚上督促孩子学习，不让孩子做一点事，一个单亲母亲独自辛苦地维持着这个家。

直到有一天，一个邻居看到她一个人这样累死累活地干活，责问她为什么不让孩子帮忙？因为在犹太人家庭，孩子必须从小承担家庭责任，和父母一起干活，十来岁就主动出去打工，挣钱补贴家用，这样长大了才会有责任感，并懂得赚钱。这位犹太母亲终于醒悟，她将制作好的点心批发给自己的两个儿子，让他们自己想办法加价卖出去，利润自己得。她对儿子说：“妈妈一个人养不活你们，需要你们自己用勤劳的双手赚钱养活自己。”

如今，她的两个儿子都长大了，一个成了政府官员，另一个继续做生意。

还记得，2011年4月1日愚人节那天，上海浦东机场发生了一起儿子连捅母亲9刀的惨案。而这位母亲，也是一位“再苦不能苦孩子”的善良母亲。

“鹰式”爱子，孩子吃的是暂时的苦，收获的却是一生的甘。

溺爱孩子无疑是温柔的谋害。在适当的时机，多给孩子锻炼的机会，让孩子吃点苦，对于以后终归是好的。

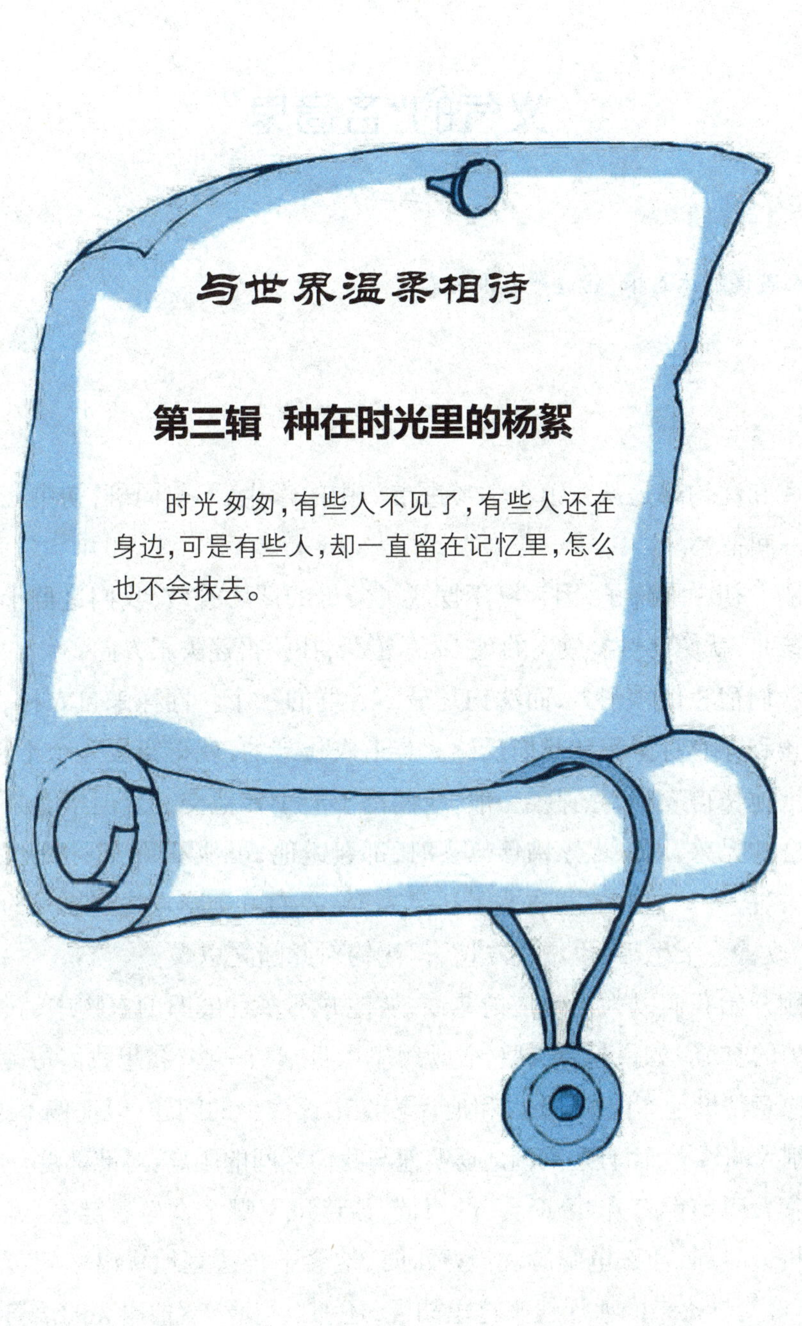

与世界温柔相待

第三辑 种在时光里的杨絮

时光匆匆，有些人不见了，有些人还在身边，可是有些人，却一直留在记忆里，怎么也不会抹去。

义气的“吝啬鬼”

安一朗

人遇误解休怨恨，物过严冬即回春。

——《格言集锦》

1

我和沈钧都是从乡镇小学考进市一中的学生，不仅同班，初中三年还住在同一间宿舍。

刚上初中那阵子，因为终于摆脱了父母的严厉管教，我们这群十三四岁的男孩儿，就像突然被放飞的鸟，欢喜雀跃，扑腾得迷失了方向。

我们宿舍住六个人，而沈钧是最不合群的一个。同样来自农村，他的言行举止和穿衣打扮都让我们反感。难道农村来的，就得穿成一个土包子吗？再加上他长得瘦小，豆芽菜一般，我们都不屑于和他交往。但毕竟是住同一间宿舍的兄弟，周末大家结伴出去时，都会邀他，可他不领情，一次也没和我们出去过。有时收到家里寄来的生活费时，我们就会凑点钱到校外的小炒店聚聚，改善一下生活，也增进友谊，但沈钧对此嗤之以鼻。

刚开始我们以为沈钧是怕花钱，从他并不多且破旧的衣物中，我们感觉得到他的贫穷。如果他合群些，表现得卑微且乖巧一些，我想我们宿舍的兄弟都会愿意帮助他，并且不会去和他计较谁出钱多少的问题，但他偏不这样，他反感别人的怜悯，而且还高调地摆明他与我们之间的距离，对谁都没有好脸色。

宿舍睡前都有开“卧谈会”的习惯，谈论班上哪个女生最漂亮，哪款新出的手机最时尚，什么电脑游戏最好玩时，他会不合适宜地冒出一句：“真是肤浅，拿着父母寄来的血汗钱来这里胡混，还那么得意。”他唐突的语言让谈兴正浓的我们仿佛挨了当头一棒。

我是宿舍的老大,不仅年纪稍长一点,个头也最高,平日里众兄弟都对我恭恭敬敬,突然当众被沈钧这棵小豆芽菜教训了一顿,颜面何存?沈钧睡我上铺,我恼怒地蹬掉被褥,双脚直踹床板。没想到沈钧这家伙,人长得瘦小,脾气却不小,他火药味十足地回敬我:“踹什么踹?有本事把这床板扔到楼下去?”

我骨碌一下爬起来,硬生生地把睡在被窝里的沈钧给拽了下来。如果不是宿舍其他人拼命拉开,我肯定要好好修理这小子一顿。

那天晚上以后,我和沈钧就结下了梁子,无论在宿舍还是在教室,我们都当对方是空气。我的人缘好,成绩也不差,宿舍的几个兄弟整日里围着我转。我们呼朋引伴,玩得乐不思蜀,个性孤僻的沈钧终日里一个人来来去去,落寞而孤单。

2

宿舍里的老三许明,从初二开始就穷追不舍地向隔壁班的一个女生献殷勤,经过长达三个月的努力,那女生终于答应和他约会了。

约会是要花钱的。我们来自农村,家境一般,每个月的生活费都是计算着用,身上能余下来的钱并不多,但我们除了出谋划策外,还把自己平时节省下来的钱都鼎力相助了。可许明数了数,钱还是太少,这样去和一个女生约会实在是没面子,于是他把乞求的目光投向了沈钧。

我们都知道,虽然沈钧家里穷,但他自己会写文章挣钱。上初中没几个月后,我们就发现他一直给杂志社写童话故事,时常能收到各种样刊和稿费单。许明在班上是负责收发信件的,沈钧的稿费单都要经过他的手,至于沈钧这几个月以来到底收到了多少稿费,许明心里很有谱,为此他希望沈钧能帮助他。

我们曾听许明说过,沈钧的稿费每个月都有几百元,最多的一次,单单一张稿费单就有一千元。他平时那么节省,又不出去玩,在这个宿舍里,无疑是个小财主了。除了找他借钱外,别无人选。再加上平日里,许明对沈钧还是比较友善的，他的那些样刊、稿费单一次也没弄丢过，我们都以为，这一次沈钧肯定会帮助许明，而且这也是一次他向我们几个兄弟示好的绝佳机会。

许明还没开口，沈钧却先说话了："你不要看我，我不会帮你的，我的钱都是自己辛辛苦苦写稿挣来的，不可能借给你花天酒地。"说着，他径直走出了宿舍。

许明傻眼了，一脸绯红。其他几个兄弟愤怒地拍着桌子叫嚣："沈钧，你小子够绝情的。"我不解气，这个沈钧怎么没点人情味，于是追着冲出宿舍，把刚走出去的他给拖了回来。我知道这次约会是许明的第一次约会，于他很重要。

"你放开我，陈立。"沈钧在我的大手下拼命挣扎。

我紧紧地拽住他，忍着怒火，用极恳切的语气对他说："沈钧，以前是我不对，我在这里给你道歉了，但这次无论如何，你都要帮帮许明。"

沈钧抬起头，怀疑地盯着我，他知道我是那种就算有错也不肯承认的人。但很快，他的目光就从我的脸上飘过，依旧冷淡地说："对不起！这件事我无能为力。"

听他说完，我心寒了，于是狠狠地把他推了出去。没想到他趔趄一下会撞到铁架床的横杆上，额头磕出了血。事情的突变令大家恐慌起来，特别是看见沈钧汩汩流血的额头和瞬间被血染红的白衬衣时，我们都傻了。

许明第一个反应过来，他赶紧抓起一条毛巾跑过去捂在沈钧的额头上。"快帮忙把血止住。"许明着急地叫起来。我们这才手忙脚乱地跑过去帮忙。

看着一脸血迹、身子单薄的沈钧，我一阵内疚。"对……对不起！沈钧，我不是故意的。"我支吾着，心里忐忑不安。

"别傻站着，我们要先送他去医院包扎，还要打破伤风。"许明理智地说。

"大家别乱，不要一窝蜂出去，不要被老师发现了。"一个兄弟提醒了一句。

沈钧还算配合，他没有大声嚷嚷。在许明的护送下，沈钧悄悄地溜出了宿舍楼。余下的我们，借着夜色鱼贯而出。

这是第一次，我们宿舍的六兄弟集体外出，不是去玩，而是送沈钧到医院包扎伤口。在医院时，我主动守护在沈钧身边，心里慌乱。还好医生说，沈钧的伤口不深，以后不会留下疤痕。回去时，许明向沈钧求情，让他别把这事告诉老师。沈钧默许了，但他依旧没借钱给许明。

许明错过了约会时间，还把钱都花在医院为沈钧包扎伤口上。看得出来，他有些遗憾，但他还是自嘲地为自己解释说："如果两情相悦，又何必在乎一次约会呢？"

3

我没想到，那么小气的沈钧，在后来我父亲生病住院，在我家人四处忙着筹钱时，他会主动来帮助我。

那时的我们已经上初三了。有一天上课时，姐姐突然来学校找我。看她一脸焦急的样子，我就猜出肯定是家里出事了。听完她的诉说，我愣住了，父亲在田里干活时，突然晕倒，现在已经被送到医院抢救。

我心慌得连手都冰凉了，不知如何是好。我知道家里的情况，一下子拿不出那么多钱，就是借，也得有时间去筹。

我请了几天假，跟姐姐去了医院。那几天里，我看护着父亲，妈妈和姐姐都回村里向亲戚朋友借钱去了，但昂贵的医疗费用还是让我们头痛不已。

宿舍的兄弟都到医院来看望我父亲，他们还买了很多水果。看着真诚的他们，我心里很欣慰，只是面对躺在病床上羸弱的爸爸，我还是忍不住长吁短叹。

沈钧是和大伙一起来的，他的出现我很意外。自那次我把他的额头磕破后，我们之间的关系较以前已有所缓和，但平日里我们还是没有私交。我一直觉得，我们是不同类型的两种人，永远不会有融合的一天。

兄弟们围着我说话时，沈钧一直默默地站在边上，直到离开，他都没说一句话。我没想到，第二天中午，沈钧居然会一个人再跑来医院。看着气喘吁吁的他，我疑惑了。正纳闷时，他把我叫到了病房外的走廊。

“这个给你，里面的钱少了点，只有两千多……”说着，他递给我一张银行卡。

我愣住了，思绪半天转不过弯来。

我还没开口说话，沈钧又接着说：“这个周末，我会回家一趟，家里还有一张存折在我妈手上，里面有一万块钱，可以帮你解燃眉之急。”

我呆呆地望着沈钧，不知说什么好，感动得泪花四溅，然后紧紧地拥抱住他。我从来没有想过沈钧会帮我，而且是竭尽全力地帮我。

“你像对其他同学一样对我就可以了。我知道，如果我有什么事，你也会那么帮助我的，对吗？所以说，不要带着那种报恩的心理，让彼此都别扭。我期待的是我们之间平等纯正的友谊，不夹杂其他东西。”沈钧一口气说了很多。

我明白他的话，点点头说：“嗯！”然后情不自禁地握住他的手。

我们会误解人，我们会重伤人，我们会排斥人，可是我们怎么也不能拒绝别人的爱。当友谊来临，我们就该珍惜并好好疼爱。

让友情穿越这个寒冷冬季

罗光太

友谊是人生的调味品，也是人生的止痛药。

——爱默生

1

鹭岛的冬季从来不下雪，但湿寒的天气，加上凛冽呼啸的海风，那冷冻到了骨子里。我从小怕冷，也没见过真正的雪，我不知道北方雪花飘飘的时候，那样的严寒要如何度过？可是龙小欧告诉我，北方即使下大雪也不像南方的冬天这么冻人。

我才不相信，北方的天气都零下几摄氏度了，能不冷吗？我觉得龙小欧忽悠我，骗我这个没出过远门，没去过北方的南方人。

“真不骗你，你看看我这手，来了南方后才开始生冻疮的。”龙小欧说着，难为情地伸出双手举在我面前。通红的十指，指节粗大，斑斑驳驳，惨不忍睹。

龙小欧是春天时才转学到我们班的，他的父母作为城市专业人才引进来很受重用，初来乍到就解决了住房问题。

我们同住一个小区，同班，前后桌，每天一起挤公交上学、放学，周末一起打羽毛球、爬山，很短的时间里，性格迥异的我们居然也成为了形影不离的好朋友。龙小欧说，我们之间的关系只能用“缘分”一词解释。我也相信，我们是有缘人。

龙小欧的性格里有北方人的豪爽、干脆，用他自己的话说是：纯爷们儿。虽然他个头还不及我高，但壮实的他力气很大，每次掰手腕我都坚持不了多久就偃旗息鼓，自动认输，我怕再掰下去，我这手腕可就废了，道道淤红清晰可见。可这家伙，还不无得意地说："我还没用全力呢！怎么就不行了呢？锻炼太少了。"气得我吹胡子瞪眼时，他又说："其实你的力气也不小了，只是我力气太大，在以前，我也是班上男生中力气最大的。"他丝毫不掩饰脸上的得意，自卖自夸，还以为这样说就是对我最大的安慰了。

我喜欢龙小欧的性格。他每天总是乐呵呵的，一脸阳光灿烂的样子。性格内敛的我，比较闷，从来不与人追逐打闹，老师夸我"稳重懂事"，同学说我"不苟言笑"，偶尔也有人骂我"面瘫男"，无论哪种，我都无所谓，淡然面对。

有时自己也很奇怪，龙小欧到底哪点吸引我，简单的交往里，我却是把他当成了最好的朋友。在他之前，我从来不会在意别人的看法、想法，更不会在意别人对我的态度，我只在乎我自己，与人保持一种"君子之交淡如水"的距离。在书里，影视作品中看见那些浓烈的友情时，会感动，却不羡慕。直到龙小欧的出现，我才知道友情也是生命中很重要的一种情感，也会让人深彻心扉。

2

市里每年都会举行英语大赛，成绩特别优秀的，将有机会获得保送进重点高中的名额。每个初三毕业班的学生，特别是成绩不错的，都很看重这个比赛。只是参赛名额有限，比赛前夕，各学校要先选拔，口试、笔试一样不落。

我的成绩一向很好，英语是强项，面对这样的好机会，我当然不会放弃。龙小欧也想参赛，但他英语学得一般，只能临时抱佛脚，在学校选拔前期，由我天天帮他补课。龙小欧脑筋活络，一点即通，我想凭他聪明的脑袋，要是早一点努力，肯定没问题的，但临近考试才开始查缺补漏确实有点晚，可是龙小欧的想法是，积极参与就好了，结果不重要。

选拔赛在本校举行，很幸运的是我居然就在本班考试，监考老师是班主任。可能是太在乎结果吧，志在必得的我心潮起伏莫名地陷入一种紧张情绪中。以前的考试，我从来没有怯场过，这一次可能想得太多了，太在意比赛名

次了，头脑居然呈现一片空白状态。这是从来没有过的，我不知所措，那些熟记于心的单词也有几个想不起来了。

情急之下，我趁老师不注意时，偷偷把手伸进桌洞里，掏出英语书，我只要翻翻就可以了。手在颤抖，心跳如雷，脸上火烧一般，热辣辣的，汗水也汩汩而流。太紧张了，我真怕老师一转身就注意到我的异常。我偷偷环视一圈，看到大家都在卷子上下笔如有神时，一狠心就把英语书弄了出来，迅速翻开，一眼瞥见我要找的单词。我想过了，就这一次，以后再也不会偷看，我一定要争取到参赛名额。

终于答完卷子了，我松了口气，在我以为神不知鬼不觉时，我又一次偷偷回头环视了一下其他同学，想确认一下刚才的行为是否被人发现。猛一回头，我吓了一跳，坐在后边的龙小欧正虎视眈眈地瞪着我。

还好只是龙小欧发现，我朝他挤挤眼，露出一丝笑容，还深深地吁了一口气。在我正暗自庆幸时，我万万没想到，龙小欧举起手向老师揭发了我刚才偷翻英语书的行为。他还说，书就在桌洞里。

我愣住了，那一瞬间，我真希望世界就此毁灭。大家都把目光盯向我，如芒在背，我的头不由得低了下去。老师走过来，一下就从桌洞里掏出我的英语书，证据确凿，他不相信地看着我，一把将书摔在我头上，然后当场把我的卷子撕了。

我整个人像是掉入了冰窟窿，浑身抖得厉害。我完全没有想到，我第一次敞开心扉交的好朋友居然会这样对我。为了选拔赛，我帮他补课，他虽然没有冤枉我，但他出卖了我，把我推进了无底的深渊。

3

我考试偷看的行为，一时间里，风一般传遍了全校。

“真是藏得深呀，表面单纯，其实一肚子坏水。”

“太假了，还三好生呢？连我都不如。”

“他的成绩都有水分的，装得倒挺像君子。”

流言蜚语如一支支锋利的箭射向我。他们说我以前的好成绩估计都是偷看来的，他们不屑的目光笼罩在我的四周，让我抬不起头来。

我不知自己是如何走出教室的，两只脚像灌了铅，整个人被抽空似的。晌午温暖的阳光下，我依旧感觉到了一阵又一阵的寒意侵袭。我不想回家，茫然走在人潮汹涌的大街却觉得人群疏落，自己那么孤单。我想不明白，龙小欧为什么要当面举报我，这于他有什么好处呢？难道是因为他知道自己进不了比赛，也不想让我入选？思绪如云，头痛欲裂。

一个人去海边，坐在松软的沙滩上，望着眼前的茫茫大海，在潮汐声中，我想对天空呐喊，内心郁积的怒气快让我爆炸。我恨死了龙小欧，这个恩将仇报的家伙，他怎么可以这样对我？如果是别人揭发我，我想我不会这么愤怒和难过。为什么偏偏是他？

那天下午，我第一次旷课，我没有勇气去学校，我害怕别人指着我骂。中午没吃饭，肚子饿得“咕咕”叫，但又实在吃不下去，如果能够这样一了百了地死去，那该多好，我再也不要面对那么多难堪。

也不知过了多久，蔚蓝的天空变得灰扑扑的，阳光躲在云层背后，凛冽的海风中，我感觉身上越来越冷，禁不住双手抱肩在沙滩上走起来。偌大的海滩一片空旷，我走了很久，看着越来越暗的天色，最后还是决定回家。

我没想到龙小欧居然会先一步到我家。看见他时，我吓了一跳，才考虑到旷课的后果，如果老师打电话到家里，那我在学校作弊的事不就连父母都知道了？父母一向以我为荣，如果让他们知道了这事，他们该有多伤心？

看见我进门，龙小欧焦急的眼神亮了起来。父母在，我不好对龙小欧嚷，匆匆进了房间。龙小欧不知死活，居然也跟了进来，还把房门关上。我转过身，狠狠地盯着他，想从他晶亮的眼神中看出真伪。装得挺真诚的，但为什么背后捅我一刀？那么多我以为的友情难道都是假的吗？

“阿太，这一下午你跑哪儿啦？也不去上课！”龙小欧说，一脸的关切。

我不屑地瞟了他一眼，还真能装呀？捅了我一刀，还装什么好人。

我没理睬他。

“你在生气？你上午的行为本来就不对，我还没生气呢，你倒生气了。我实在想不到，你也会偷看！”龙小欧说得理直气壮。

“是，我无耻，终于看清我的真面目了。我配不上和你交朋友，你走吧，走得越远越好，以后我们再也不是朋友了。”我下逐客令，心里却如虫噬般难受。

龙小欧坐在我的床上不动。我去拉他，想把他推出门去，但他力气大，我拉不动他。

我们僵立着，谁也没再说话，沉默像聚积的厚厚云层横亘在我们之间，一直压迫着我的心。他面色平静，一直盯着我。我没有勇气对视，匆匆一瞥就把目光转开。

“你不认为你错了吗？”好一阵后，龙小欧又开口了。

“我宁愿揭发我的是别人，不是你。”我倔强地应一句，为什么是他呢？我唯一当成朋友的人出卖我，我心寒。

“我不敢相信我亲眼看见的，你让我失望，我不想你这样。”龙小欧说。“你只是嫉妒万一我能够去参赛，而你去不了吧？亏我还天天帮你补课。”我愤懑地说，这是我最不能原谅他的地方——我帮他，他出卖我。

“你迷失了方向，阿太。机会很多，你何必呢？”龙小欧循循善诱。

“是，我利益熏心，你终于看清我了吧？你可以走了。”我再一次冷漠地下逐客令。那天晚上，我躺在床上，一夜无眠，脑海中混沌一片。

4

再害怕，再难堪，我也不可能继续旷课，我只希望事情不要传到父母耳中。各种嘲讽我早就预料到了，充耳不闻。我绷着脸，目不斜视，任由别人在背后议论。

我不怕孤单，原本就一直独来独往，沉默寡言。一整天里，我不再说一句话，看别人热闹说笑时，就望着遥远的天空发呆。

这个冬季比往年的任何一个都更冷，虽然穿着保暖的毛衣，但内心的寒仍无法消除。龙小欧每天上学都来邀我，我们一同走下楼梯，但一出小区大门，我就撇下他走另一条更远的路。我实在不想和他走在一起。龙小欧明白我对他的厌恶，却依然如旧，我往哪儿走，他也往哪儿走。我绷脸瞪他，他也瞪我，一副“理直气壮”的样子。

“我在给你机会，不明白吗？”他说。

我怒火中烧，出卖我，还让我向他求得原谅不成？于是我决绝地对他说：“你走得越远越好，以后我们不可能再是朋友了。”

“做不做朋友不是你说了算，这是两个人的事。”他言简意赅，根本不容我反驳。

我不再理睬，任由他整天跟在我后面。

我没有想到，龙小欧居然如此有耐性，很长一段时间，他天天跟着我，即使我们一句话也不说。“你烦不烦呀？像甩不掉的尾巴。”我恼怒地斥问他。

“不烦。”

“可是我很烦，我们回不到从前，在你心里，我只是一个考试会偷看的坏人。”我叹了口气。在这段被人嘲笑、讥讽的日子里，我虽然烦他，但心里又很感激他愿意在这样的时候一直陪在身边。只是，他是怎么想的？可怜我吗？还是因为出卖我，内疚了？

“我举报你，我不后悔，因为你确实错了，就该受到批评。但你是我的朋友，在你难过的时候，我就要陪在你身边，这不是朋友该做的事情吗？这两者矛盾吗？”龙小欧说。

我瞥了他一眼，很认真的表情。虽然还是想不明白他的逻辑，却感动他的守候。我是习惯独来独往，但被大家非议时，心里还是会难过，会希望有个人陪在身边。

也有很多同学不理解龙小欧的做法，感觉他的行为怪异。但渐渐的，我想明白了，他只是做了一个朋友应该做的事。

指正朋友的错误需要勇气，在朋友孤单时陪伴在身边是一种温暖，这两者龙小欧都做到了。就像龙小欧说的，穿越这个寒冷冬季，我们的友情会迎来春暖花开。

看着一脸真诚的龙小欧，我相信他的话，也开始学会反省自己的错误和固执。

每个人都会犯错，勇于指出朋友的错误是对他最好的爱，同样，朋友的劝告也是自己认识自己最好的时机，千万不要因此冷落对方。

被孤立的少年时光

太子光

孤独是人的宿命,爱和友谊不能把它根除,但可以将它抚慰。

——周国平

1

上初中那年,爷爷生重病,花掉了家中所有的积蓄,还借了外债,最后他还是走了。爸爸因为长时间照顾爷爷,精神状态不佳,工作中出了差错,给单位造成损失,要赔偿不少钱。妈妈只是个服装厂的女工,收入也不高。原本就不富裕的家一夜间更是一贫如洗。

为了谋生和还债,父母合计了一下,决定在菜市场开一家专门杀鸡鸭的小店。为了节省开支,增加收入,父母和我商量,把原来的住房出租了,一家人就住在店铺里。店铺很长,父母专门隔了一间给我住,他们就在外间铺了张大床。

我很不愿意,但我明白生活的艰辛和父母的无奈,不得不同意。菜市场里总是弥漫着一股怪怪的味道,很难闻。而我家的杀鸡鸭的小店,更是充斥着让人恶心的味道。刚开始时,我一直想吐,但强忍着,久而久之,倒也习惯了。

2

在学校里,同学们不习惯我身上的味道,他们看见我后都避得远远的,仿佛我是一个传染病患者。

上课时，周围的同学都用手捂着鼻子，一脸嫌弃。我知道，是那股难闻的鸡鸭腥味。我也不喜欢，可我每天都洗澡了，还用香皂一遍遍洗遍全身。我不知道我要怎么做才能彻底让自己身上清清爽爽的没有让人嫌弃的味道。

我不可能不住在店铺，不可能不在空闲时帮父母的忙。看父母每天早起晚睡，一双手被热水泡得苍白变形，我不忍心。家里欠着外债，他们不得不经营这种没人爱干的低成本投入只要靠勤劳就可以挣钱的小生意。市场里人来人往，买鸡鸭的人很多，但纯粹用开水杀鸡鸭的只有我们一家，生意很好，但父母也累得连腰都直不起来。

我知晓父母的艰难，从不敢告诉他们，我在学校被大家孤立。我的成绩还不错，特别是作文，每次都能够得到很高的分数。我把自己的孤独和对生活的理解都化成文字，写在日记里充实自己寂寞的少年时光。

3

我并不是孤僻的人，也不是不爱说话，只是大家因为我身上的味道排斥我，孤立我，我没有了朋友。

同学们对我是避之不及，同桌也说跟我一桌太倒霉了，我很难受，但不知道如何回应，只能常常在放学后一个人在回家的路上偷偷抹眼泪。回到市场里，面对父母时，我还要尽量地掩饰，强颜欢笑，我觉得只有这样，父母才不会担心我。父母已经很累了，我不想他们再为我担心。

那段被孤立的时光里，我每天一个人来来去去，表面装作云淡风轻，其实很受伤。青春年少的我和大家一样，喜欢热闹，珍惜朋友，并不喜欢这种形单影只的生活。我很渴望和大家打成一片，渴望她们三三两两地玩耍时能够邀上我，渴望放学后和她们勾肩搭背一起回家。只是所有简单的渴望在当时都只是一种奢望。没有一个同学愿意接受我，更没有一个人把我当成朋友。我主动想融入她们的世界时，她们集体对我抛“白眼”，用一种少年尖利的冷漠横起了让我无法逾越的鸿沟。

我孤单地坐在教室里，就像一个“恶臭物”，我害怕那些嫌弃的眼神，害怕这种孤立无援的校园生活，我一次次想过退学，一次次想过结束生命，这样活着，真是痛苦不堪。

4

班上的同学早就把我“浑身发臭”的事情告诉老师，希望老师能把我转到其他班去。

我猜想，那时老师也是从我身上闻到了点什么，她虽然没有明说，但后来有一次，我去办公室送作业时，她还是提醒了我要注意个人卫生。我听后，心里异常气愤，凛然应了一句：“我是交了钱来上学的，至于我身上的味道，与你们有关系吗？”丢下这句话，我走了。忍了很久的泪，终于在我走出办公室时倾泻而出。

我逃了一天课，一个人躲在公园里，坐在树荫下，看着眼前绿意盎然的花花草草，泪湿眼眶。我憎恨可恶的上天为什么这样折磨我们一家人？憎恨班上的每个同学，还有不关心我的老师，他们凭什么嫌弃我？我那么想和大家成为朋友，他们却都孤立我。我的父母有什么错，他们只是为了谋生，为了挣钱还债，那些恶臭味是我们喜欢的吗？我们也不喜欢，但生活那么艰难，我们有什么选择的余地？越想越伤心，我又禁不住哭泣起来。

我没想到，在斜阳铺满整个公园时，我的老师会和我的父母一起出现在眼前。我以为是幻觉，直到父母扑过来抱住我哭时，我才知道是真的。老师连连向我道歉，说她无意间伤害了我，希望我能原谅。

5

原来老师见我一天没在学校，找了几个学生问到我家的住址，然后她去了菜市场找到我的父母，了解了我家的情况。

“希望你能原谅我，老师真的错了。我伤害了你，对不起！”老师又一次向我道歉。她说话时，眼圈红了。

我能够感受到老师的真诚，在她并不了解事情真相时，她确实以为我是不注意个人卫生，她只是想好心提醒我，没想到无意中伤害了我年少的自尊。当她得知我在班上被大家集体孤立时，她才感到她的失职。

我不知道老师和班上的同学都说了什么，在我回到学校上课时，我感觉到一切都改变了。班上的同学再也没有故意躲避我，也没有嫌弃，特别是同桌男生，他还真诚地向我道了歉。

我在班上渐渐有了朋友，我和大家和平共处。老师也时常关注我，表扬我的作文写得好，夸我懂事和体贴父母。我的父母终于收回了出租掉的房子，让我住回家里了。

一切似乎都回到了最初，只是只有我自己知道，这段被孤立的少年时光是一场寂寞的欢颜。我已经学着长大了，学会了坚强和忍让，也学会了原谅和包容。谁的年少不曾犯过错，我又怎么可以耿耿于怀拒绝掉自己需要的友谊呢？我不想孤单地生活。

我并没有因为那段被孤立的少年时光就不再相信人与人之间的真情和温暖，相反的是，在以后的人生中，我遇见不一样的人与事时，我会用心去观察和了解，始终保持尊重。我知道再卑微的生命个体也是需要尊重的。

每个人都有被孤立或者自愿孤立的日子。不管最后怎样，我们都该相信世界的美好，并且以爱和温柔相待。

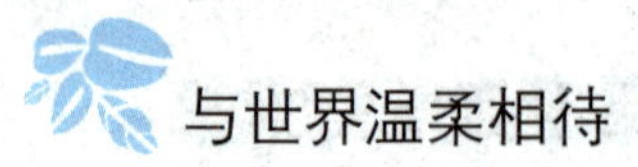

种在时光里的杨絮

太子光

时光，仿似一杯静默无言的水，在光影流年里翻开依稀旧梦。

——佚名

1

杨絮是班上最能折腾的女生，我很奇怪，在她娇小的身体里究竟储藏了多少能量，她总是生机勃勃，像一株迎风招展的杨柳。

和杨絮的热情张扬相比，成绩名列前茅的我显得寡淡和无趣多了。虽然我会吹长笛，会拉小提琴，但我没有热情，没有兴致，每天除了学习还是学习。杨絮说我没有生活情趣，说我吹长笛、拉小提琴，并不是因为喜欢，而是为了完善自己。

我很不服气，我又不是生来就只知道读书的"书呆子"，他们在追的热播剧，他们喜欢的明星，他们爱听的流行歌，他们喜欢的一切我都喜欢。我不知道，这算不算杨絮说的，我只是为了"完善自己"。

当杨絮问我，像我这样安静内敛的优秀学生，会不会有心慌意乱的时候时，我愣住了，她不会知道，我是用了多大的努力才克制住自己萌动的心思。我只是一个普通的年轻人，并非圣贤，怎么就不会有心乱的时候呢？

我从来不敢告诉杨絮，在文艺汇演的舞台上，当我看见她在聚光灯下翩翩起舞的时候，看着一袭白裙，长发飘逸，宛若仙子的她，我的心已经一片凌乱。那惴惴不安的悸动，那喘息未定的慌张，她是否明了？

可能是性格的原因吧，我把这一切都掩藏了起来。我每天忙忙碌碌地

学习，沉溺在书山题海中，唯有这样，心才可以安宁。面对杨絮时，我才可以从容。

2

我一直都很羡慕杨絮，羡慕她的热情，羡慕她的直率，羡慕她风风火火的生活态度。可能是她说话太直接了，有一天，我突然发现班上的同学开始排斥她。

杨絮是个率真也较真的人，她做事力求完美，对自己、对别人的要求都很高，但不是每个人都能够达到她的标准。做班级卫生时，不是劳动委员的她，看见什么说什么，指出这个同学的玻璃没擦干净，那个同学的地板漏拖了一块，虽然她亲力亲为，累得满头大汗，却更招来别人的不满和劳动委员的白眼。

体育课上，男生踢足球时，她也凑上去。众女生在背后怒目横眉，说她净爱出风头，而男生也不欢迎她。在热爱足球的杨爸爸的熏陶下，杨絮对足球甚是了解，她常常逗乐班上的男生"脚太臭，气太短，踢球烂"，弄得那些水平原本就不高的足球男生颇没面子。

就是在课堂上，老师偶尔出现读错字或是讲错内容时，她也会当场指出，弄得那些老师尴尬不已，虽然表扬她知识面广，但任谁都能看出来老师生气了。

大家在背后说杨絮太自我了，说她的直截了当让人深恶痛绝，说她爱指手画脚是官瘾发作，说她指正老师的错误是哗众取宠……一时间里，杨絮被大家说得一无是处。大家排斥她，对她敬而远之，或是集体起哄，让她窘迫难当。

我不明白，事情怎么会演变到这个地步，杨絮还是杨絮，她的热情洋溢却不再招人喜欢，她的开朗直率反而成了她的"罪证"。

看着眉头不展的杨絮，看着她泛红的眼眶，没有笑容的脸庞，我心里跟着

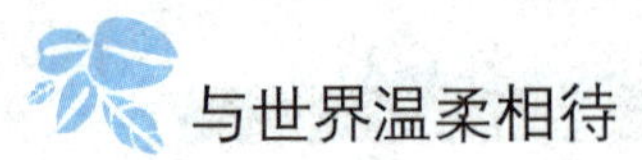

难受起来。虽然坐的位置离得远，虽然讲过的话也不多，虽然她曾嘲笑我是没有情趣的书呆子，但看着形单影只的杨絮，我还是为她担心。

3

有一段时间傍晚放学后，大家都去操场上做运动。校运动会又要举行了，各班级都在组织训练。在往年，杨絮是最热心也最积极的，她的中长跑还拿过前三名，跳高也不错。那时，就算她没有参加项目，也是乐于当啦啦队。

可是这一次，杨絮一个项目也没有报。在大家七嘴八舌地讨论运动会的事情时，她悄悄地走开了。大家训练时，她一个人坐在运动场边的看台上，孤单落寞。

少了杨絮的场面也就少了喧闹，再没有人像她那样热情洋溢，再没有她爽朗的笑声。男生们少了女生的尖叫声显得有气无力，而女生们更是少了主心骨，乱成一锅粥。看来，这个班上，还真是少不了像杨絮这样热心又热情的女生。

我报了一百米和二百米，只是第一天训练时，脚就崴了。一瘸一拐地无法训练，我走到了杨絮边上。看着孤单的她，一时不知如何开口。

“陪我吗？”看见我，她淡然问了一句。

“嗯！”我的脸突然就涨红。

“怎么了？”见我欲言又止，她抬起了头。可能是看见我的脸红了，她张开嘴，想说什么，却又咽了回去。

我们静默地坐在一起，气氛顿时尴尬起来。

“你还好吗？”坐了一会儿后，我勇敢地问了一句。其实有段时间了，看见落寞的她，我就想给她一些宽慰和温暖。虽然我知道，她可能不是很需要这种无谓的关心，但我还是希望能够为她做点什么，即使只是陪她说说话，或是仅仅安静地坐在一块儿。

“我不是你认为的那种‘书呆子’，我也会因为一个女生而心慌，也会因为那个女生的事而难过。”我急急地解释，不希望她再把我当成“书呆子”。

“哦！这样。”杨絮吃惊地望着我，不明白我怎么了。

4

杨絮后来应该是明白了我的话，再见到我时，她会认真地看着我，想读懂我眼神里包含的内容。只是我，对杨絮说出心里的秘密后就有些躲避了。

躲避她却又忍不住关注她，关心她。我总会为她在别人面前做解释，希望大家还能像过去一样喜欢她率真的个性。并不爱说话的我，突然很懊恼自己的嘴笨，要不，我就可以帮助杨絮了，我不喜欢大家排斥她，不喜欢看见她忧伤难过的眼眸。

上课时，我再也不可能像过去一样专心致志，我总会忍不住把目光转向她，想着要如何帮助她……凌乱的心绪让我不能自已。几次老师让我回答问题时，我都沉溺在自己的遐想中慌乱地站起却不知所措。

我没想到，有天傍晚放学后，杨絮会在校门口等我。我们并不同路，我猜想，她该是有什么事告诉我吧。我心里一阵窃喜，左右瞧瞧后，赶紧朝她走去。

杨絮看着我，想了想后，说：“你还好吧？”

我点点头，瞥了她一眼，又害羞的垂下，脸早已涨得通红，心“扑通扑通”地跳。

“我知道你为我做了很多事，在同学面前帮我说好话，谢谢你！不过，没关系的，我自己会学着处理好与同学的关系。倒是你，上课是怎么了？我希望你好好的，像过去一样认真学习，很从容淡定，我很欣赏这样的你。”杨絮微笑着说。

她的真诚我能感受到，她看了我一眼，又把目光转开，望着街上来来往往的人群，若有所思地说：“我们终究是要分开的，未来那么远，谁知道会发生些什么事呢？我错了，你并不是一个无趣的‘书呆子’，你积极上进，也充满生活热情，只是我们每个人的表达方式不一样罢了。我也会努力学着和大家相处，遵循游戏规则，不让自己再被人当成局外人。过段时间，我要转学了，我爸的工作调动，我们全家都一起离开……很开心遇见你、认识你。”

杨絮絮絮叨叨地说了很久，我却是在这个过程中愣住了，她居然要转学了，那我以后再也看不见她了，心情顿时沮丧而黯淡。

“漫长的人生路上，我们还会认识很多人，不过，我和你一样，也曾为一个人心慌意乱过。或许，成长中的我们都曾经历这样的阶段，有点苦涩，而回忆时却很美好，因为我们不曾虚度，因为我们都那么真诚。”这是杨絮对我说的最后一句话，然后她一个人离开了。

5

杨絮在几天后就离开了，偌大的教室里少了她爽朗的笑声变得安静多了。运动会时，啦啦队中少了她这个主力队员也显得了无生机。我的世界里，没有了杨絮，再精彩也无人观赏、喝彩，但我还是一如既往地努力，因为我知道，这是杨絮所欣赏的我。

我一直都保持着努力的状态，凡事力求做到最好，在努力的过程中，我的心很踏实笃定。我那萌动的心思，最终只能变成回忆和思念。

成长的时光里，或许我们都会经历这个阶段，谁也无法跳跃而过，因为成长从来就是一种群居的孤单。就像在人群中热情张扬的杨絮，她会孤单落寞；就像我，在众人仰望的视线里，也会有高处不胜寒的孤独矜寡。我们都想走进别人的世界，取暖，却忘了我们自己也可以温暖别人。

我想，纵然岁月流逝，时光飞转，有些人，有些事，会一直铭刻在记忆深处，让我时时念起，就像种在时光里的杨絮，那会是久远的牵挂和思念。

时光匆匆，有些人不见了，有些人还在身边，可是有些人，却一直留在记忆里，怎么也不会抹去。

青春独唱，杜鹃花如海

阿识学长

在时间和现实的夹缝里，青春和美丽一样，脆弱如风干的纸。

——辛夷坞

眼泪会打湿杜鹃花

我穿着CC送给我的帆布鞋，躲在青春的“青”字背后偷窥春天。不远处的小山坡上布满了炽热的颜色，像熊熊燃烧的火把，映红了天际。

我曾以为，它会在刮风或是下雨时提前熄灭，可CC说，杜鹃花的颜色是鸟儿吐血染成的，这些连死亡都不怕的花朵是不会畏惧自然的，更不会轻易忧伤或凋零。

那个春天，我莫名其妙地把CC说的话放在了心上，就好比有人坚信青春永远都不会散场，愿意陪它画地为牢。

进入高中的第一次月考，我发挥得很糟糕，在承受了爸妈和班主任的轮番训导之后，心情跌入谷底。也就在那么一恍惚的工夫里，我从春天进入了冬天，每天只能靠漫无目的地翻阅字典来整理心情。“杜鹃花，又名满山红，属灌木，代表爱和喜悦。”念着这些滚烫的字眼，往事一页一页摊开，没来由地发觉，如果青春没有青只有春，那么剩下的就应该全是眼泪了。

“哭什么？眼泪会打湿红踯躅的。”CC是文艺少女，她喜欢写诗和画画，而且总能叫出杜鹃花的许多别名。每当她说出我听不懂的话时，我都会莫名地产生些许崇拜之情，觉得她真是高端又大气。

总有对手与青春掐架

我一度是自信和快乐的。那时候，CC 坐在我的前排，她个子矮，爱穿米蓝色格子裙，走路时马尾辫总会左右晃动，看起来有些天真俏皮，又有些盛气凌人。

自习课上，一遇到不会解的题目，我就用圆珠笔套在 CC 背后来回地画。CC 怕痒，这时，她便会招架不住回过头来，压低嗓音恶狠狠地说："毛虫虫，你再这样，休怪本宫对你不客气！"说完，再狠狠地踩我一脚。有时，CC 的橡皮擦会不经意从桌子上滑落，然后她就会弯下身子去捡。每次她看到我的牛仔裤，都会毫不客气地嘲笑我："毛虫虫，你又把牛仔裤剪了个大口子啊，你爸妈知道吗？"

"那你晚自习不读书，偷偷摸摸地画画，你爸妈知道吗？"

"我就爱画，我是要考美院的。哎，你看，我刚把马小贱画成了一个奇丑无比的胖子，一会儿下课贴到隔壁班门口，让校花见识一下他的风采。"

马小见是班里的文艺委员，也是 CC 的男闺蜜，他们俩的相处模式完全是无节操的。CC 喜欢许嵩，所以每到音乐课的自由练习时间，马小见总会肆无忌惮地把许嵩的《等到烟火清凉》演绎出《金箍棒》的感觉。CC 实在忍无可忍的时候，就会趁老师不注意，揪住马小见的耳朵："马小贱，你用这么惨绝人寰的歌声毁灭自己可以，但请不要侮辱我的偶像！"CC 是文艺女中的暴力机，而马小见又不好意思对女生下手，所以每次对抗总是他落败。

那时候，我们的青春好像被施了魔法，就爱缠着某个人开玩笑、斗嘴。但我从不参与他俩之间的斗争，只在心里暗笑："你们俩一个不尊重美术，一个不尊重音乐，活该碰上对手。"

叛逆是颗忧伤的子弹

青春的对手不仅会有老师、同学、陌生人，还有爸妈。周末写完作业后，我在自己的房间练吉他。爸爸妈妈听见后,猛烈地拍着我的房门:“老师布置的作业写完了？妈妈给你买的习题也做完了？”

“没做完就不能休息一会儿吗?”我打开门,迎面而来的是他们气急败坏的样子。“唱歌是休息吗？累了就好好睡觉,别把心思花在这些乱七八糟的东西上面！”

我拼命地忍住几乎要奔涌而出的眼泪,重重地将房门关上,然后猛地把书桌上的课本、习题全扫到地板上。

我的梦想是学音乐,将来当一名歌手。可爸妈不理解我,他们总压制我唱歌,他们希望我考入医科大学,将来成为一名医生。

我翻出他们给我买的新牛仔裤,在裤腿上剪出不规则的口子。看着这一个个大口子,就仿佛看见了我青春中一个个沮丧的黑洞。

想起CC曾说,青春是场战争,18岁的我们用叛逆当子弹。只是这颗子弹飞不过沧海,在碰到坚冰时就会碎裂,再无法还原。

一场突如其来的大雨

临近文理分科,别的同学都昼读夜背、奋笔疾书,我却过得浑浑噩噩,甚至开始在课堂上睡觉。终于有一次,在班主任的课上,我照例在他喋喋不休的声音里睡着了。但这次叫醒我的不是下课铃声,而是一个粉笔头。

我揉着额头睁开眼,发现全班同学都看着我笑得前仰后合,而班主任站在讲台上怒气冲冲地瞪着我。当时,我半沉浸在迷迷糊糊的梦境里,半挣扎在困惑的现实中,整个人大概显得十分滑稽。

下课后,班主任把我和CC叫进办公室。我瞥见他办公桌上的月考成绩单,空气中混杂着浓重的油墨味和隐隐约约的花香。

“最近上课总睡觉,是不是因为失恋?”班主任侧着身望着我,右手搭在桌子上,食指漫不经心地叩着桌面。

我吃了一惊:“我还没恋爱呢,哪儿来的失恋？”

“你还不承认和她恋爱？”班主任有点生气，指着站在旁边的CC质问我。

我看了看CC，她的脸涨得通红，身体在微微颤抖。我慌忙辩解，并用手肘推了推她，示意让她跟班主任解释清楚。可CC一句话都没说，沉默得厉害，眼睛亮晶晶的，似乎隐藏着泪水。

班主任意味深长地看着我，显然，我的解释在他看来只是狡辩。

我不明白自己到底做错了什么，无力辩解，便也沉默下来，目光游离，最后落到了窗外的喇叭花上。它们缠绕在泡桐树的枝干上，颜色纯净，形状坦然，与我们一望到底的青春真是像极了。但我一点也不喜欢白色的喇叭花，因为红色的杜鹃花早已盘踞了我整颗心脏。

那天，我和CC都被罚写五千字检讨书。CC写着写着就泣不成声，写检讨对于一个自尊心强到爆棚的文艺少女说，简直是致命的伤害。我想像从前一样给CC讲笑话，逗她开心，但我始终开不了口。

像是一场突如其来的大雨，淋湿了我们的心。CC不再给我买小布丁，马小见也不再是我的同桌。在这场大雨中，我们各自沿着不规则的青春边沿，渐行渐远。

那年五月，小山坡上的红踯躅彻底消失了。CC和马小见读理科，在教学楼一楼的重点班，我念文科，在八楼的普通班。

会有梦想盛开的声音

有次放学，我在校门口碰到马小见。好几个月没有联系，我们彼此都有些生疏。

几句不走心的寒暄之后，我问出了困扰我好久的问题：“那天到底发生了什么事，为什么老师会说我和CC谈恋爱？”

马小见犹豫了一下，然后说：“你睡觉说梦话，具体内容没听清，但大家都听见你叫了CC的名字……”

原来是这样。我已经记不起那天自己究竟做了什么梦了，但我知道，CC

肯定因为这句话受到了班主任和其他同学的误解，这大概也是她现在都不肯理我的原因。

“我是毛虫虫，似乎每天都有很多烦恼，睡觉总爱说梦话。对不起，CC。”我终于有勇气给 CC 发了一条短信。

不到一分钟，她就回复了我：“没关系，都是过去的事了，以后你也要好好读书，加油。”CC 变得一点也不文艺，她成了学校的知名学霸，每次考试总拿全年级第一。

还记得我和 CC 第一次去小山坡看杜鹃花时，她送给我一双帆布鞋。她说，希望我以后每次来看杜鹃花，都能穿着它。我和 CC 的这个秘密，我想马小见是不知道的。虽然我早就洞悉了他的秘密：他喜欢 CC，每次都故意把许嵩的歌唱错，希望多得到一些 CC 的关注。

高考百天誓师大会后，我穿着那双帆布鞋再一次来到小山坡，CC 竟然也在那里。很久没有面对面交流过，我们隔着大片绚烂的颜色对视，然后肆无忌惮地笑了起来。

后来，我们坐在草地上聊天，抱怨考试太频繁、吐槽班主任多么残暴、倾诉各自的新梦想……头顶上有大片大片的流云飘过，时间宁静得仿佛停滞了一般。

CC 终于又开了文艺腔，她说：“青春像一季一季的候鸟，在不停地同我们告别。一些不被想起的就会成为空白，一些被时常记起的，才是永恒的歌。”

我还是听不懂，可是觉得她说得对极了。

现在想想，席慕蓉当时说的青春是本太仓促的书，真的是贴切极了。我们终于散落到世界的各个疆域，就像一场风把蒲公英吹散一般，我们再也回不去了。

麻辣教师

阿识学长

培养人，就是培养他获得未来，快乐的前景的道路。

——马卡连柯

1

我真正接触到谭，是在高二文理分班那天。

当大家都安静地在教室里啃着书本时，突然，有那么一位有柳梢眉，上穿花格子衬衫，下穿鲜红色休闲裤的中年女性摇头晃脑地走进了我所在的高二(4)班。

她手握备课本，怡然自得地趴在讲台上："四班的同学们，我是谭老师。下面，被我点到名的同学，请待会到高二(2)班上课，我要热烈欢迎。"她竟一个人心花怒放地鼓起掌来。

我早在高一(4)班时就听说过谭，谭是学校里出了名的老师。她的出名除了教学质量外，就数她"表里不一"的威严了。她在高一(6)班当班主任时，最擅长放学拖堂。每次其他班都下课了，她的班却纹丝不动。谭依然性情投入，手舞足蹈地讲政治课。

虽然有很多同学会抱怨她的拖堂行为，但习惯了这种生活的谭并不在乎。等她讲得差不多了，她才会冒出一句："就下课了吗？这破学校！"

这时同学们就会异口同声地说："早下课了，都快上课了。"

于是，谭赶忙提起包包："大伙快去吃喝拉撒吧！"说完，她屁股扭一扭，赶集似的消失。

2

就在我坐在下面祈祷千万别被她抽中时，噩耗却开始了，谭大声地点着第一个名字：“胡（适）识同学！耶，这不是一位大作家吗？他怎么会沦陷了呢？”

顿时，班里爆发出轰轰笑声。

我轻声细语地应了她一声，整个脸刷的一下涨得通红通红。

可她分明就喜欢装聋作哑，她竟一把将备课本甩在讲桌上，愤懑地说，“胡适（识），他到了没到？”

我说，到了。

她又问，她到底到了没到？

我从椅子上嗖地一下站起来，说，“老师，我真到了。”

她抬起头，瞅着我，然后小声地“哦”了一下，就像对待别人家的宠物一样。

我的胃就是那个时候被她抖了下去。

所以，去高二（2）班的第二天我进了医院。医生说我胃下垂。

我发短信向她请假，她不信，非要我爸给她打电话，我拗不过她，只好悻悻地叫朋友帮我请了一个在县城踩黄包车的男人当作爸。

我给那个男人十块钱，他很爽快地就答应了。

“谭，也只不过如此嘛，她分明就是个大傻帽。”为此，每天我躺在医院都得意扬扬。

3

也不知道是谁在谭面前揭穿了我。我前脚刚踏进高二（2）班，谭后脚就跟来了。她拿着一把扫帚，眼珠子跟烧着了似的。

“她不会是冲我来的吧？！”我的小心脏忽上忽下。

不是每一场自我安慰就能起到自愈的作用。

谭还是一步一步向我逼近了。

谭指着我的脑袋:“好小子,我让你骗我,我让你撒谎,今天我非抽死你不可。”她一边训斥我,一边用扫帚抽打我。

不知道那时候我的肉是不是都长在了屁股上,还是别的原因,反正我感觉不到疼,我只是心里特别恨谭,因为她竟当着全班人的面拽掉我裤子。

每次有同学犯下大错,惹谭生气,她就会使用这招“尊严必杀技”。

4

晚上,正当我穿着还在滴水的内裤在寝室里闲逛时。突然,谭一脚将寝室的门踢开。

“同志们你们都在干吗呢?”

“哇,这可正点啊!”

我赶忙往床上纵身一跃,用毯子捂着身子,不敢正眼看谭。

可是谭却一蹦三跳地来到我的床边,“嗖”地一下扯开我的被单,“臭小子,我都这么一大把年纪了,什么没见过,还遮遮掩掩,赶忙让大伙好好瞅瞅。这细皮嫩肉的!”

我死死地盯着谭,真想一头撞死在她那张尖尖的脸蛋上。

但没过一会儿,谭又莫名其妙地大笑起来,“胡识,看来我白天没打疼你啊,你还是这么白白净净,都能掐出水来。”说完,她使劲地在我的大腿上掐了一下。

我差点哭出声来,眼泪拼命地在眼珠子里晃悠。可等我看到谭自顾自地来回抚摸自己的头时,我不禁又偷笑了起来,谭竟然剃掉了卷毛,换了个平头装,她实在太像男人婆了。

5

第二天上午,谭在上面讲课时,我爸真的拿着打狗的棒子怒发冲冠地跑

进了教室。

我爸一把揪起我的头发:“我叫你读书不攒劲,进了普通班。我叫你撒谎,让别人冒充你爸。”打狗的棒子像密密麻麻的雨点啪啪地打在我腿上,那次我真哭出了声。

我以为谭准会在讲台上笑话我和我爸,因为那是家丑。可就在我爸将我拖出班里,叫我别读书时,谭朝我爸一声大吼:“你给我站住!孩子,我昨天教训完了,这是学校,轮不到你上场!”谭瞪大着眼睛看着我爸。

就这样,不一会儿我爸便把我放了,他和谭去了办公室。

听我妈说,谭那天对我爸讲了整整一上午的大道理,我爸被她说得瞠目结舌。就此,我爸为我在她的普通班读书感到自豪。

后来,每当我站在讲台上激情演唱,她在教室的空地里戴着墨镜闻歌起舞时,我就特别开心。

毕业典礼那天,谭用嘴巴凑着我的鼻根说:“大作家,我要当你的舞娘。”

我说,好。

突然想起那些年,陪伴我们的老师,各有各的脾气,各有各搞怪的一面。可是在他们心中最重要的,却一直是我们的学习生活。向那些年可爱的老师致敬。

一定要送鞋给最爱的人

雪炘

换我心，为你心，始知相忆深。

——顾夏

1

一直听说，不能送鞋给恋人，否则那人一定跑。我半信半疑，在男朋友的鞋惨不忍睹时，才买了一双给他。

结果，我们分手了。

我心想，要分也不能在这时候，大过年的，而且真中了鞋的魔咒。我从陕西坚持到四川，从四川紧握到北京，最后还是没能抓住他拼命想跑的心。

那晚，我在北京，借住在男闺蜜家。他叫思达健，我们都叫他死大贱，简称大贱。他一直不接受，朋友们就风情万种地叫他，贱儿。拉着好长的音调，听得他胃酸上涌，直呼，还是大贱好。

从此，他正式成为大贱。

此名一出，他犯贱的品质还真日趋明显。

周末出去玩，公交车上拥挤无比。一个丰满的姑娘够不到上面的扶手，旁边的扶手又挤不进去，只能在人群中晃来晃去。

见姑娘一遍遍说着对不起，大贱硬挤出一点空隙，让姑娘和自己一起抓稳。

车停停走走，人却只增不减，姑娘死抓扶手，最后整个身体贴在了上面。又到一站，姑娘愤愤地踩大贱一脚，丢下一句流氓，转身飞下车。

我们几个女生目瞪口呆。

大贱愣了半天。

闺蜜讥笑道，贱哥，你都不挪一下，口味真重啊。

自那以后，大贱保持警惕，见女生就逃。直到学校组织去郊游，湖边草地，大家玩得乐此不疲。他从后面盯了一个女生半天，终于问，你是不是那个了？

然后转向我，说，你不是带那什么了吗？

女生恼羞成怒，甩他一耳光，立刻走人。

全场大汗。

2

到现在，我都不知道，那天他怎么就知道我带了……

不过像他这样，个子不高，成绩不好，又没什么专长，还动不动就犯贱的人，我们都不敢替他设想未来。

我们只知道，除了徐盈盈，他唯一热爱的，就是音乐。大学毕业，他选择北漂，一边工作，一边做着白日梦。在北京三环以外租了一居室，每天晚上在酒吧驻唱，回来得很晚。

他家永远像凌乱的录音棚，除了厨房，满屋子都是乐器。晚上上厕所必须清醒，否则一不小心，各种乐器就会出声，将你吓个半死。

我去的那天，他下班后就没出去，在厨房炖汤给我喝。

我在房间上网聊天，其实是找男朋友说事，因为不想分手。可有些事情，你再坚持不去接受，最后注定是输。

我眼泪噼里啪啦打下来，夺门而逃。

北京入冬以来下的第一场雪，据报道，这场雪已经大得封锁了道路。我踩一脚，陷下去；使劲拔出来，再踩一脚，继续陷下去。

举步维艰。

多么像爱情，需要你那么努力地将自己拔出来，可路还需要继续走，于是你又深深地陷下去。你努力摆脱，不想让脚陷下去，可是不可能啊，你踩它就一定会陷。

我用尽全力奔跑，只听大贱在后面追着喊，感觉天人在交战，可就是跑不快。用脚使劲跺着地上的雪，愤恨到极点，最后坐在雪地里仰天长啸。

大贱蹲在我面前，问我到底怎么了。

我扯过他的衣领，一遍遍问，为什么不要我了？

大贱说，有什么事，我们回去慢慢说，你这样会冻坏的。

他想拉我起来，我不依，就看着两个人呼出的气流，在路灯下散去。

他没办法，就看着我哭，并把自己的大衣给我披上。我一把鼻涕一把泪，全部抹在他衣服上，直到一点力气也没有。

大贱说，还有我嘛。

我说，你救不了我。

大贱难过地说，那怎样才能救你？

我说，除了他，没人救得了我。

大贱说，赶明儿个我就把他给逮回来，拴在你床头上，看他还跑得了？

3

大贱请了两天假，在家陪我。

窗外的雪毫无退意，我裹着被子，高烧不断。他除了炖汤，就是安静坐在客厅，连电脑都不敢开。

我稍好了一些，他就使劲逼我吃东西。

他无奈地说，你发现没有，每次你来北京，你们都要大闹分手，而且都在冰天雪地的冬天。

我说，滚！

立即将他撵出家门。

他在外面吼，这是我家啊，你一个人不怕啊？

我装作听不见，只在屋里疯狂地哭，哭到不知不觉睡着，醒来已经是第二天清晨。

打开房门，他果真不在；拉开家门，他正站在楼梯口，和一个女孩说话。我看不见女孩，只听见声音。

我问她是谁，大贱舌头打结，说是同事。我随口一问，你喜欢她？

他扭头不看我，只说，我在门外守了一夜，都要冻死了。

我说，那你怎么不进来？

他说，我没带钥匙。

我说，你活该！

他立马作揖，是是是，求姐姐大慈大悲，放我一马。

4

高烧已退，雪花依旧飞奔而来。

我看着食谱，在厨房做寿司，大贱在客厅玩琴键。琴声清脆，曲调婉转，他轻唱：最肯忘却古人诗，最不屑一顾是相思，守着爱怕人笑，还怕人看清；春又来，看红豆开，竟不见有情人去采……

我听得眼泪笔直往下掉，拿着锅就冲出去，敲他的头："你还嫌我不够难受啊？"

他抱着头，一跃而起，你是红太狼啊。随后又拿起吉他，飞速拨弄琴弦，用力唱：谁说你长得不是很美，除了你，我不再爱谁；等头发白了，迎着余晖，那天该有多明媚……

他站在厨房门口，越唱节奏越欢快，一直到我把饭做好。

大贱说很好吃，我也觉得味道不错，只是没胃口。突然发现自己会做的饭，还挺多的，但大部分都没给男朋友做过。因为总想给他最好的，却看不出他最爱什么，总怕做的不合他胃口，缩手缩脚，最后连自己会做什么都忘记了。

其实爱情，不需要太用力，反而给出的往往最好。

大贱说，我明天得去上班，不然要扣工资了。

次日中午，我在厨房忙活，听到有人敲门。打开门一看，我的天，是个陌生的胖子。不是一般的胖，是那种只有在电视上才能看到的，把眼睛都给挤没了。

“你好，我是思达健的朋友，他让我来看看你。”

我一头雾水，半天才说，那，那你进来坐吧。

我让他坐沙发，他说还是坐地板吧，上次把沙发坐塌陷了，赔了一千多呢。

胖子说，我是大贱的助手兼伴奏，他怕你出事，让我来看看。

我心想，你来了，我才出事呢。

胖子说，他打电话说你被甩了，痛不欲生……

我一跃而起，你才被甩了！

胖子说，我就是被甩了啊，大贱都告诉你了？

话不投机半句多，我胸口的火往上冒，拿起电话就喊，死大贱你给我回来！

5

大贱走不开，就打电话给胖子，让他把我看好。我锁好房门，坐在床上又气又急，眼泪不自觉地涌出眼眶。

大贱回来，已是黄昏。胖子一把抓住他，说，你快进去看看吧，她都闷了一下午了。

我掀开门，扯着嗓子喊，我被甩了，你怎么不拿去写新闻头条啊？

他俩面面相觑，胖子逃走。

为了将功补过，大贱答应晚上带我去酒吧，只要我保证不喝酒。其实不是真的喜欢那种地方，只是不愿意独自流泪，只是想放纵一下自己，看是不是真就不那么难过了。

将我安排在离舞台最近的地方，大贱开始唱歌，一首接一首。灯光忽明忽暗，翻转出时隐时现的身姿，暧昧在酒精曼妙生辉。他不断看向我，仿佛一不留神，我就会潜逃入夜。

忽然，灯光一暗，一个男孩点了《做我老婆好不好》。钢琴轻起，伴奏徐来，整个酒吧都陷入柔美之中。

眼泪涌出来，我擦掉；再涌出来，我擦掉；继续涌出来，我没去擦。它像关不紧的水龙头，不断流出水来，一滴一滴，周而复始。

胖子端着酒杯，来给我道歉。我夺过他的酒，洒了一半，另一半灌进胃里。“啪”的酒杯敲桌，我盯着胖子说，这是我男朋友给我唱了很久的歌，我不想听了，我要听《死了都要爱》。

胖子转过身，对大贱喊，《死了都要爱》，雄起！

我说，又不是赈灾，还要喊雄起。他说，这是四川话，加油的意思。

我又哭得七零八落。

大贱跟其他人做了交代，匆匆跑下来，问怎么了。

他猛敲胖子的头，跟你说了多少次，她被四川人甩了，你还提！

胖子说，又不是所有四川人都甩她了……

甩。这个字再次劈得我头昏眼花，拍着桌子喊，甩你大爷啊！

大贱叫我跟他回去，我不肯，说还没玩够。我酒量很不好，但没有醉，只是感觉眼前的一切朦胧得刚好，叫人好想把心中的压抑一吐为快。

无厘头地说了很多，大贱叫胖子拿酒。胖子拿来酒，他连喝三杯，眼神愈加迷离，自嘲着开始说徐盈盈。

徐盈盈是美术系的，比我们高一届，身材小巧玲珑。大贱从大二的联谊会上喜欢她，有事没事就献殷勤，最后得知人家有男朋友。后来听说她在北京，他毕业也来到这座城市，在朋友网找到她的地址，直接住她旁边。

一年多的时间，他们已相当熟悉。后来听说她分手了，大贱表白却屡次失败，问为什么，她说放不下。

大贱坚持照顾她，每晚给她打电话，又不知道说什么，就说打错了。

那么烂熟于心的号码，我怎么会打错呢？不过是想你了，想听听你的声音，却又无法告诉你思念的滋味。

大贱猛喝一杯，说，我不会放弃的。

胖子哭了，说，你们这根本不叫被甩，我才是……

那晚，我们走在凌晨的街道上，踏着厚厚的雪，对着漫天飞舞的身影，断断续续地唱：

有谁能让我沉醉，像阵风轻轻飞，但是你却让我醉，只不过清水一杯；有谁能让我喝醉，忍不住掉眼泪，但是你却让我醉，我心中的珍贵……

6

雪渐渐停下来，我回西安，胖子也跟过来。玩了几天，他回四川，问我要不要过去玩。我说，去哪儿都不去四川，我讨厌死那个地方了。

胖子笑没了眼睛，说，总有一天，你会重新爱上那个地方，而且比以前更爱。

他走后，我去了红豆之乡，几个月后回西安。

西安最美的季节，就是初夏，一切都刚刚好。在最美的景色里，读一本好书，是很惬意的事情，但我还是被电话铃声吵醒。只听那一头，哭不是哭，笑不是笑的。

我说，大贱，你没疯吧？

他断断续续说，姐，我有女朋友了，徐盈盈。

原来他在音乐比赛中顺利晋级，现场跟徐盈盈表白，她终于点头。

突然想起在北京，他每晚读文字给我催眠，有一天他念到——

我们喜欢说，我喜欢你，好像我一定会喜欢你一样，好像我出生后就为了等你一样，好像我无论牵挂谁，思念都会坠落在你身边一样。

而在人生中，因为我一定会喜欢你，所以真的有些路是要跪着走完的，就为了坚持说,我喜欢你。

大贱说,我送了徐盈盈一双精致的高跟鞋。

我说,你不怕她跑掉啊?

大贱说,你觉得呢?

胖子说得对,我比以前更爱四川,因为那是我见过最美的地方。爱上一座城,是因为一个人,就像我因为你,开始喜欢庞龙的歌,可最终发现,他的歌里有我最爱的元素。

我听着他的歌,走进那座城,那漫山遍野的风景,是你的影子。你的一颦一笑,你温热的手掌,你轻盈的步伐,都在这里盛开。

我想你,却没法告诉你,只被时光默默记住。

既然找不到一个放弃的理由,那就把思念写进每一缕晨光里,抛向你所在的方向。不求你会明白,只是想有一天你能路过,看到我已在这里刻满你的名字。

如果你能停下来,看看我,我还会执意送你一双鞋。因为我们都明白,你真的愿意留下来,就算是风火轮,也无法带你离开。

最幸福的是,在自己失恋的时候,有那么一两个哥们对你始终不离不弃。人生有如此幸事,足矣。所以,哥们的好处就是,他一辈子都不会甩了你。

贫穷，谁的错

庐江布衣

拼一切代价，去奔你的前程。

——巴尔扎克

有这么一位大学生，成绩优异，但家境贫寒。一条洗得发白的牛仔裤，一双打满补丁的球鞋，他穿了六年，从高一到大三。早餐时，多买几个馒头，剩下的就当作午餐。勤工俭学挣的钱，他全寄回家做了妹妹的学费。他很自卑，走在校园里，常低着头，默默无言。

一天，在课堂上，教授当着全班同学的面，对他说："昂起你的头来，记住，贫穷不是你的错！"

他豁然开朗，一下找回了自信。从此，他有了灿烂的笑容，一身布衣烂衫，穿梭在同学们中间，再也不觉得自卑。大四整整一年，他过得自信而充实，他觉得天地从未有过的开阔。

毕业后，开始找工作，没想到却处处碰壁。好不容易找到了，却又只能做个没有底薪的营销人员。但他又实在不是搞营销的料，工作一年，仅够养活自己而已。

他找到了教授，倾诉了自己种种不幸的遭遇，希望得到教授的教诲。

教授面容严峻，冷冰冰地扔出几个字："贫穷，只能是你的错！"说完，教授拂袖而去。

他愣在当场，满心委屈，泪水在眼眶里直打转。

回去后，他痛定思痛，想了整整一夜。第二天，他背了满满一大包的方便面和几瓶矿泉水，外出推销产品去了。从此，他付出别人双倍甚至十倍的努力，业绩渐渐有了起色。

两年后的今天，他已是一家公司营销部门的主管了。回忆起教授，他充满了感激。第一次，教授给了他生活的阳光。第二次，他就像一匹疲惫而茫然的奔马，而教授，只是狠狠地给了他一鞭子。

确实，学生时代的贫穷，不是我们的错。我们完全可以坦然地去卖袜子，扫操场，领助学金。对谁，我们都能坦然地挺直腰板。但是，对于一个四肢健全的成年人，尤其是受过多年教育的年轻人而言，贫穷，再也没有任何借口！安居乐业，是每个人最起码应该做到的；若是这一点都达不到，那真的只能是你自己的错了。

一个人不能选择自己的出身和家庭，可是在成年之后，所有的一切就只能你自己去扛，从那时候起，你的贫穷和富有就只能你说了算，过的好与坏，都是你自己的事。

你是从哪儿开始衰老的

孙道荣

童心生活的恢复，正是新时代的萌芽。

——巴金

常听人感叹：老了。难道，一个人知道自己从什么时候开始老的吗？

60岁，开始被看作是老人。可是，很多六七十岁，甚至岁数更大的人，并不认为自己老了。反而是不少四五十岁，甚至年纪更小的人，偏偏认为自己老了。可见，不是到了某个年龄，就突然老了。有时候，老与年龄无关。

有人会觉得，衰老是从头发开始的吧。头发变白了，稀疏了，没有光泽了，人自然也老了。但这似乎也难以成为确凿的证据，有很多人少白头，年纪轻轻就一头白发了，有人却年已花甲，仍满头乌丝。

更多的人会认为，自己的衰老是从容貌开始的，美丽的皮肤，变粗糙了，失去了弹性；眼角，钻出了一道道的鱼尾纹；眼神，浑浊了，再也不水灵了；腮红，像害羞的心一样，倏忽就消失了……总之，曾经年轻、漂亮、好看的容颜，没有了，人也就老了。小孩子作文里写爷爷奶奶，都喜欢用皱巴巴这个词来形容，皱巴巴，可不就是老了吗。因此，很多人为了使自己显得年轻，想尽办法保养自己的脸。

有人说，衰老是从视力开始的。远的东西看着模糊了，近的东西更看不清了，老了。

有人说，衰老是从记忆力开始的。眼前的事情，转身就忘，时间越久的事情，反而越清晰，而且，脑袋越来越僵化了，转不动了，老了。

也有人说，衰老是从骨头开始的。腰越来越驮了，腿越来越没有力气了，步伐越来越迟缓了，身上的每一根骨头，都变得越来越脆弱了，老了。

还有人说，衰老是从牙开始的。以前，吃什么东西都香，再硬的骨头都敢啃,现在,吃什么都没胃口了,牙缝越来越大了,吃饭的时间没饭后剔牙的时间长,最可怕的是,一颗老板牙,掉了,另一颗门牙,又松动了。老掉了牙,这是真的老了。

那么,我们真的是从这儿开始老的吗?

先来看看科学家为我们揭开的一些小秘密。研究人员发现,人体的衰老,比我们想象和实际感知到的,要早得多。你的皮肤,从25岁左右开始,就逐渐老化了;你的大脑,从20岁开始,就走上了下坡路,神经细胞从巅峰期的1000亿个左右,慢慢减少,记忆力、协调性都开始下降;你的头发,从30岁左右,就开始脱落,而且会越来越稀;25岁前,你的骨密度,会一直在增加,而从大约35岁开始,你的骨质就开始流失了,骨密度开始缩减,也就是说,从35岁开始,你的骨头就一日不如一日了;你的眼睛从40岁开始就变老了,眼部肌肉会变得越来越无力,眼睛的聚焦能力也开始下降,眼前的东西看不清楚了,没错,你的眼睛老花了;同样从40岁开始,你的牙齿开始衰老,牙龈萎缩,牙根松动,牙周很容易发炎……

真是太糟糕了。在我们以为自己还年轻,有活力,有朝气的时候,我们的皮肤、眼睛、骨头、牙齿,一切的一切,就都开始在我们的体内,衰老了,退化了,萎缩了。

这是科学界认可的事实,但是,我们不会在40岁时因为一次牙龈发炎,而认为自己老了,也不会因为在30岁时掉落了几根头发,就认为自己老了,更不会因为25岁的皮肤比24岁时稍稍少了一点点弹性而惊慌失措,以为老之将至。没错,你的衰老,不是因为你的容貌,也不是因为你的皮肤,甚至也不是因为你的骨骼和心脏。

从你认为自己已经老了的那天开始,从你认为自己已经老了的那个地方开始,你才真的老了,否则,你就不会老,你没老。

身体终究是会老去的,就像一件时间很久了的器物,这是无法避免的。但是身体老了就代表真的老了吗,我想不是的,你的心永远停留在十八岁,那即便老的不成样子,你却依然有孩童般的天真呢。

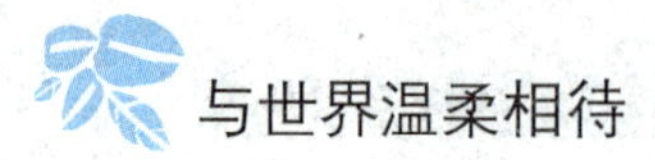

友情是株生长缓慢的植物

顾晓蕊

最好的朋友是那种不喜欢多说，能与你默默相对而又息息相通的人。

——高尔基

推开窗，天刚微亮，一轮红日从远山中冉冉升起。宿舍楼下的花圃里花儿开了，散发出若有若无的香气，像我隐秘而青涩的心事。

来这所中学已有半年多了，每天清晨我习惯推窗远眺，山的后面是我思念的家园。虽然隔几个月能回家一趟，但对第一次离家住校的我来说，想家的滋味还是很难受的。

不过很庆幸，在这里我认识了蓝冰。她坐在我的前排，皮肤细白如瓷，一双乌黑的大眼睛显得水灵、俏皮。她是一个爱说爱笑的女孩儿，空闲时常跟我攀谈，渐渐地冲淡了我对家的思念。

蓝冰的家离学校不远，有一个周末，她邀请我到家里去玩。蓝冰妈妈做了很多小菜，盛在精致的瓷盘里。吃饭的时候，蓝冰不停地往我碗里夹菜，边夹还边说："我妈妈做的菜很香，你要多吃点啊。"

第一次受到这么隆重的招待，我心里顿时涌起一股暖流。临走时，蓝冰跑到院里搬来一盆花，说："这是我最喜欢的海棠，又叫解语花，现在把它送给你吧。"

那盆海棠被我摆在窗台上，碧绿的叶片鲜嫩欲滴。也正是从那以后，我们的友谊突飞猛进，只要一有时间就凑在一起，说着总也说不完的话。

那是一个微风徐徐的傍晚，我们背靠背地坐在草地上，聊起了各自的心事。

我的家境并不宽裕，为了供我上学，母亲到附近山上砸石子。她的手上结满厚厚的茧子，原本清瘦的脸庞显得苍老憔悴。我深知母亲挣钱不容易，因此平时总是很节俭，去食堂只买最便宜的菜。

她静静地听着，随后也向我道出心底的秘密。前些日子，她的目光被一个身影吸引，他是阳光帅气的班长。她将满腹心事涂写在纸页上，让相思在轻舞的诗行中葱茏，妈妈看到后与她进行了一番长谈，她终于将那份淡淡的情怀放下。

那天我们聊了很久，直到夜空中升起繁星点点，才依依不舍地离开了。

不久后的一天，班上有位学生患了重病，同学们想凑钱去看望他。我翻遍钱夹掏出 10 元钱，交给负责收款的班长，他笑着摇了摇头，“听蓝冰说你家里很穷，就别参与了。”

我愣了一下，随即红着脸跑开了。妈妈曾说过能给予就不贫穷，他偏要给我贴上“贫穷”的标签，最可气的是传话的竟是蓝冰。

正当我为此懊恼的时候，又爆出一桩“新闻”。班上外号“小喇叭”的男生，把蓝冰的诗抄到后面的黑板上，还在题目下加了句——致班长。几个男生吹着口哨起哄，蓝冰气得脸色苍白。

放学铃响了，同学们纷纷散去，我起身正要离开，被蓝冰喊住：“你给我解释一下，怎么会这样呢？”我脸色微变，嘴上却不甘示弱：“先问问你自己，是谁把我的情况告诉班长的？”

或许是我的声音有些大了，她气呼呼地说：“看你那凶样子！”

什么？她居然说我“熊样子”？要知道在当地方言里，这是句带有轻侮的话。我冷冷地看了她一眼，然后转身离开，只留她一个人愣在原地。

随后的几个月，我们俩谁也不搭理谁，有时目光碰到一起，也都会马上避开。窗台上的海棠，叶片变成黄褐色，看到它，我更觉得心情糟透了。

又过了一段时间，我们家要搬迁，妈妈到学校办理转学手续。同学们送来很多漂亮的明信片，并在上面写下祝福的话。我悄悄地望了望蓝冰，见她一脸静如止水的神情，心里有种说不出的失落。

再想想那天的事,尽管她的话伤了我,可是我也有错。她跟我倾诉内心的苦痛与快乐,是为了让彼此更好地成长。然而,当“小喇叭”拿着地上捡到的纸团,神秘兮兮地来问我时,我漫不经心地抖落了她花瓣般的心事。

我心里浮起丝丝愧疚,又不好意思主动跟她说话。当我清理完书桌将要离开时,蓝冰走了过来,递给我一条粉红围巾,真诚地说:“这是我特意为你挑选的礼物,希望你喜欢,也请你原谅我无心的过错。”

我激动得声音都发颤了:“啊……不不,应该是我向你道歉。”我们握着手相视而笑。

回到宿舍,我意外地发现海棠开花了。胭脂色的小花,一朵挨着一朵,紧紧地簇拥在一起。那一刻我恍然明白,友情是株生长缓慢的植物,要用爱心和耐心来浇灌,才能如花儿般绚丽绽放。

我托同学把海棠转交蓝冰,再后来我们经常书信往来。我记得和她在一起的日子,记得她给我的温暖,这一段难忘而美好的记忆,在我心里永远都不会抹去。

有些人离开了,才会发现原来她一直在自己心里,那一刻,你才明白,原来我们一直是朋友,我们是一直惦念着的。

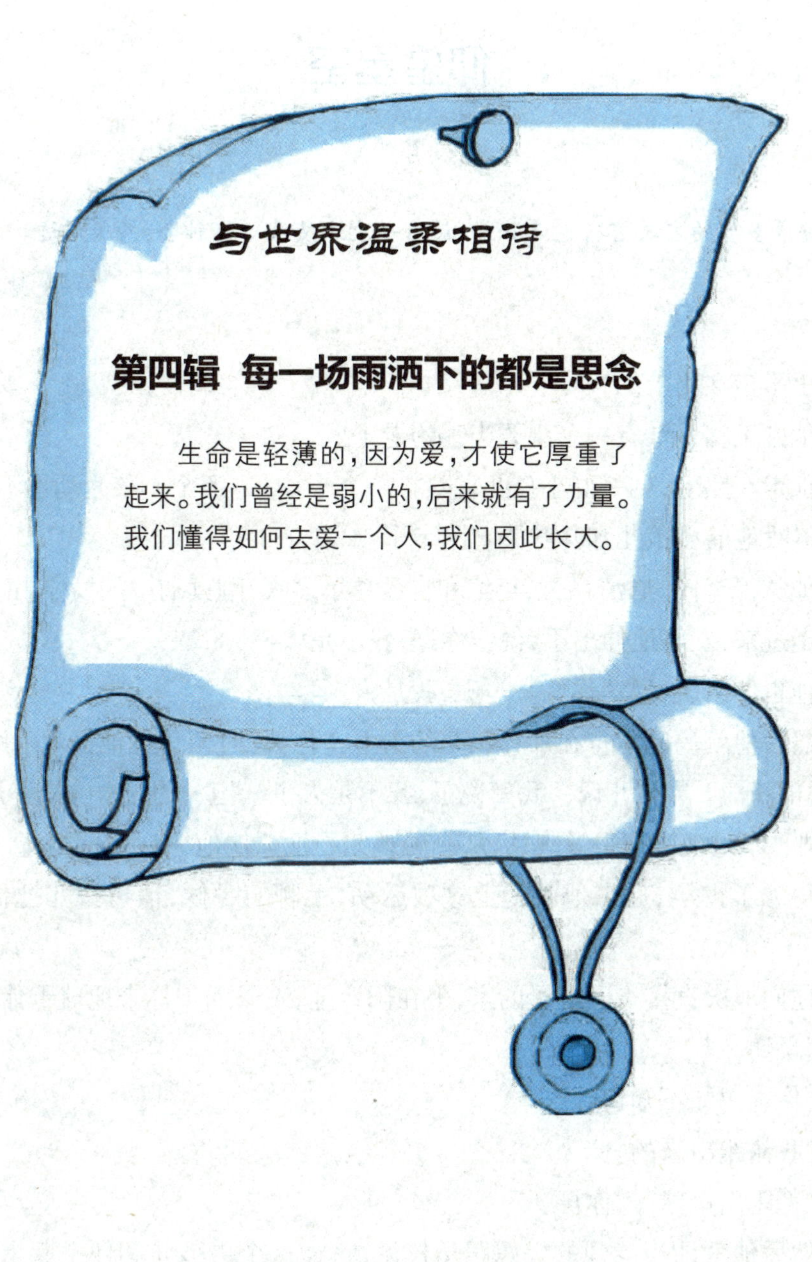

与世界温柔相待

第四辑 每一场雨洒下的都是思念

生命是轻薄的，因为爱，才使它厚重了起来。我们曾经是弱小的，后来就有了力量。我们懂得如何去爱一个人，我们因此长大。

仰望星空

凉月满天

许许多多的友善言行也是如此，最后一次才使人心领神会，情长谊远。

——鲍斯韦尔

王子走在路上。

他姓王，名子，有一个想要当王的老子。

他走在路上，见一群小孩儿在殴打一个小孩儿。那个小孩儿动也不动，那几个群殴他的小孩儿却哇哇哭着跑走了。

他觉得奇怪。眉清目秀，年纪和自己差不多大，刚读初中的模样。正打量，对方走过来，友好地伸出手，说："你好，我不是人。"

他也伸出手，说："你好……呃，我是人。"

然后他就一巴掌打在那男孩儿的头上："你唬谁！"只见他捂着手蹲在地上，眼泪汪汪。男孩儿说："我都说了，我不是人了。"王子想：你挨打就是因为这个吧？不过他没来得及表达，那个男孩儿一把抓住他，嗖一下拎上高空。当时吓得尿了裤子，后来他就爱上这项运动，无聊的时候，请男孩儿把他当风筝。

他们那次直接飞回王子的家，坐在阳台上，王子问："你来地球干什么？"

"玩啊。"

"你爸妈知不知道？"

"我偷跑出来的。"

"都跑出星球了，你行。"

然后他就请当老师的妈妈跟学校说情，让这个男孩儿和他一起上学，借读的，不用花钱。结果这个男孩儿上课第一天把乒乓球台子搬起来，放在王子上体育课的地盘里；然后又用代码跟电脑吵架，把电脑气得当场短路。那群欺负他的学生又想围殴，被他像扔土豆一样，东一个、西一个地扔老远，有一个趴地上直嚷："肋骨断了！"男孩儿说："你撒谎，我看得清清楚楚，你的肋骨好好的。"那群人又像被鬼撵了一样哇哇叫着跑掉了。

时间久了，大家都知道这里有一个逃家的小外星人。同学们经常会看见一个钢琴晃晃悠悠从东头的 101 教室到西头的 110 教室，后边跟着音乐老师，一边悠哉地把手插裤袋里走，一边说："慢一点，外星人同学。"

王子的破自行车也被外星人骑到了半空，链子嘎吱吱响，卖菜老汉捂住菜冲上边嚷："喂，你小子如果吓尿了不许淋我菜上。"王子坐在自行车后座上哈哈大笑。回到家，小外星人被王子的妈妈揪住耳朵一顿训："显摆你能是不是？万一掉下来，瞅你把零件都摔散了怎么回家！"外星人嘟囔着说："我不是零件做的……"

三年过去了，初中毕业，不知愁的少年人也开始唱起骊歌。

晚上，王子和小外星人坐在高高的水塔上，凉凉的夜风吹起王子一身的鸡皮疙瘩。天上的星亮晶晶，哪颗星是你的家呢，小外星人？

然后就听见小外星人说："我要回家了。"

"回家？别回了吧，都三年了，你爸爸妈妈早给你生弟弟妹妹了，不差你一个。"

"你们这里一年，是我们那里的一分钟。"

"可怜，"王子同情地说："那你们只能活七八十分钟哦？"

"不是。我们也活七八十年，不过是我们星球的七八十年。"

"那你们都是老不死的神仙了？"

"呃……"

王子忽然想起一件事："超人是不是你们派来的？"

没想到小外星人一本正经地说："拯救地球是他的课后作业。"

然后两个人沉默了。一会儿小外星人说："王妈妈做的菜很好吃，地球上有的人有点小坏，可是总的来说很好。你也好，很好的那种好。所以我希望我以后的课后作业也是拯救地球。”

王子说：“可是，等你来拯救地球的时候，我都死了。”

王子拼命眨眼睛，仰头看星空。然后感觉小外星人抱住他，在漫漫星空下飞翔。小外星人在他的耳边说：“我会想念你的，很想的那种想。”王子目送着小外星人越飞越远，像一个小黑点，一会儿又像炮弹一样返回来，说：“我说的很想，是用我的一辈子，怀念我们的三分钟。”

从此，地球的一个角落里，多了一个爱看星星的人，因为他不知道小外星人会从哪个星星来，所以就一直，一直仰望。

只有人可以产生友谊吗，我想不是的。我们可以跟任何事物产生感情，比如宠物，比如花草，比如虚无。

为爱承受原本不能承受的重

雪炘

我宁肯为我所爱的人的幸福而千百次地牺牲自己的幸福。

——卢梭

1

“快跟我去医院……”

我还没反应过来,就被小丝拉着狂跑起来。

我猜不出发生了什么事。

一切都被奔跑搅乱,我只能看到她嘴巴一张一合,然后加速奔跑。

推开门,蕾子面色如纸地躺在床上,血液猛然涌上我的头顶:“你怎么了?”

蕾子一把搂住我的脖子,像个受伤无助的小孩儿,歇斯底里地哭着。我听不清楚她的发音,只觉得她的心脏仿佛跳出了心房,震动了我神经可以触及的每个角落。

2

坐在通往重庆的车上,我盯着窗外,耳畔很静。

忘记我们是什么时候认识的,曾经的一切都在我的记忆里模糊不清,只记得他的一段自我介绍:

“你好,我是高三(12)班的花木林,就是你的学长,也算是校友了。你是新生，对学校的环境应该不熟悉吧，以后有什么问题可以来找我，我们教室就在东3楼第二个教室。你的文章写得很好，思想很透明，我想和你做朋友，可以吗？”

从我在校园论坛上贴文章开始，便得到很多校友的支持，朋友接二连三，在论坛里聊得热火朝天。只是这些人中女生居多，男生几乎没有，他应该是第一个。但生活中认识我的人很少，确切地说，是我不希望被认识。

小丝看完他给我的几封风格一致的私信，在QQ上大笑：“花木林是不是花木兰的曾孙？人家替父从军，他会做什么？哎，要不，我帮你去探探底？”

“你?!”

这点子也可以用在生活中啊？偶像剧里常常这样，开始是帮忙去探底，紧接着就是爱上人家，最后发展为三角恋。想想都恐怖。但花木林好几次要见面，所有的理由都被我用光了，实在消磨不了他锲而不舍的精神。

我不会爱上男生，男生更不会爱上我，虽然有些悲催，但绝对不会出现三角恋。如果花木林爱上小丝，或者小丝爱上花木林，要么他们直接相爱，那我也算积德了。

通过以上的缜密思考和分析，我决定让小丝假扮我去赴约，于星期天下午5点在学校对面的书店里碰面。

3

星期天下午，我如往常坐在教室里，等着上自习。

离上课还有不到十分钟的时间，小丝疯疯癫癫地跑进教室，说我亏大了。她笑得小脸通红，还不忘时刻整理着过长的斜刘海，打嗝似的说着话。

这笑声引无数校友竞崴脚，教室门口时不时探进脑袋，本班男生断断续续发出嘲声：“丝姐，您是拾金自昧了，还是……哈哈……”

本想反击，可正巧班主任回来了，她便顺势溜回座位。班主任点名方式很有趣，总是问谁没来，每次她都会小声嘀咕，没来的都不在教室。而这一次，她却第一个大声说，严蕾没来！

班主任调查情况，她只好站起来支支吾吾。

“报告！”

一个穿着灰色男式外套的长发女孩儿，脸庞像火炉似的，低着头快步走向座位。神呐，我得罪了哪位仙人，恬静温柔的蕾子竟然这样了？

我不寒而栗。

4

已是深冬。

我继续活跃在校园论坛上，仍旧收到花木林的评论，只是他不知道和自己很熟的女孩儿并不是我。虽然他经常和我聊天，虽然我经常见到他，虽然我们经常议论他，但他不认识我，也不曾说过一句话，我只在他生气小丝叫他“小日本”时笑笑。

寒假将至，在大家的兴奋中，我却听到蕾子对小丝的深深叹息：“我们能不能不要互换角色了？这样对他不公平，对我们也不公平。”

小丝立马意识到蕾子喜欢上花木林了，虽然她极力否认，但事实总是不能被掩饰的。他的一笑一颦，他的一言一语，他的举手投足，都会被蕾子当作经典来讲述。我和小丝面面相觑，接着阴阳怪气地咳了几下，她便脸红如朝霞。每次碰到花木林，我和小丝就会不自觉地为他让出一条道，笑着快速离开。有时候打水、打饭很拥挤，花木林就帮我们一把，然后跟蕾子叮嘱几句，便离开。相处时间久了，他便觉得我是个高傲的女孩儿，总是插着耳机自顾自地听着，最多只对他笑一下。蕾子只能笑笑，她不能说出事实，也无法解释我喜欢戴耳机的原因。

生活是很奇妙的东西。

本来是小丝替我赴约的，因为想演出儒雅气质，便拉着蕾子作陪。碰面之后，小丝大笑，说他长得像日本鬼子。花木林觉得她肯定不是我，就对蕾子格外照顾。她不服气，跟他争吵，问他为什么要主观臆断。

小丝说话从来都是手足并用的，一不留神打翻奶茶，蕾子的外套被重度污染。见此情形，小丝便承认自己不是主角，然后逃离了现场。蕾子喊她回来，她却高喊，有花木林就没问题。

蕾子很是生气，竟然这样把朋友丢给一个陌生人，而且是在众目睽睽之下。眼看就要上自习了，她没有其他更好的办法，只能穿着花木林的外套赶回了教室。

生活就是这么具有戏剧性，有些相遇是错误状态下的欢喜。

她想挣脱这个牢笼，却怕自由之后，失去一直想要留住的东西。所以，她整个寒假都处于矛盾中，那些快乐和悲伤好像都不是她的。看她这么痛苦，我鼓起勇气，要去告诉花木林事实。她却极力阻拦，并找了一个很充足的理由，努力说服自己，说服我——

不管快乐的理由是不是真的，但快乐是真的，这就够了。

5

新学期没什么不同，时光还是那么转，蕾子在花木林面前仍是我。

教育局送来各种荣誉证时，我才知道，上学期市里作文竞赛的亚军得主是我。花木林得知这个消息后，在我们教室门口透视，小丝便把蕾子轰了出去。

这是他第一次来我们班，手里拿着一串阿尔卑斯糖，像一根短路的电杆站在那里。而不幸的是，在剧情还未展开时，班长喊了我的大名，叫我去后台准备领奖。当我走过他面前，他脸上有的不只是迷惑，更多的是不知所措。

从此，他如同庄稼地里的野草，再没出现在曾经的庄园。我和小丝倒没什么，急的是蕾子，问怎么办。我说，都这样了，就这样呗。

就因为这句话，蕾子和我大吵，说我太冷血。我不再说什么，只是觉得心痛，好好的姐妹，竟然为了一个不相干的男生变得这么不可理喻。

我们各走各的路，各看各的风景，像一盘沙子无情地被打翻。我以为自己可以平静地从她身边走过，可每次看到她走近，心就会不由自主地狂跳起来。当我紧握手心擦肩而过，像经历了一场惊悚狠毒的战斗，咬着嘴唇却掉下了眼泪。

是什么让我们如此倔强，我不知道，只觉得自己真的没有错。

或许我们之间的矛盾永远无法化解，只能这样沉寂下去，因为高考很快就到了。花木林和我们各在天涯，而蕾子，始终没有勇气再面对他。

6

我义无反顾地选择了文科，蕾子和小丝都成为了理科生，我们到了不同的班级。本来已经尘埃落定，有趣的是花木林出现在了开学典礼上，并娴熟地做着服务生。

“什么情况?! ”小丝惊呼。

我诧异。

蕾子的喜悦远远大于惊讶。

后来听说他落榜了，回来复读，还在12班。然而，我们比陌生人更陌生，没有丝毫联系。我开始和新同学出入，过三点一线的生活，上演着习惯了的尴尬。

11月初的演讲赛是学校的死规矩，从10月份开始，大家都投入准备。老同学知道我会写，于是纷纷找我写稿，我没答应。我宁愿告诉他们写作思路和方法，或者和他们讨论修改，也绝不会帮任何人写稿。

令我惊诧的是，花木林也来要演讲稿，而且是为别人。我还没有说话，他就把纸和笔按在课桌上，表情比严冬还冷酷：“你是撒谎成习吗，有时间看课外书，没时间帮同学写稿? ”

我瞪了他一眼，继续看书。

“你把别人当傻子吗? 被你骗了就自认倒霉，连一句解释和抱歉都没有，你继续逍遥自在……”

“砰——”

我把手里的书重重摔在课桌上，揪住他的衣服，在众人瞩目中位移到操场。

“想报仇吗？”

不知他是被这句话镇住，还是被我的声音吓着，愣了大半天。当小丝和蕾子赶来，问发生什么事时，他才拿出比哭更痛苦的笑容：“没事，没事。”

奇怪的化学反应就此展开，我和蕾子和好如初，他和蕾子成了朋友。我看不到原因，也找不到分水岭，仿佛从我们把背影丢给他的那一刻起，一切都变了。

7

我对他视而不见，这么滑稽的人，我连微笑都省了。

元旦晚会要求各班出节目，我和十几个女生被选中，一起编了舞蹈。每天放学，我们都在教室里排练，蕾子和花木林准时探班。排列队形时，我发现去一个人会更好，但又不想去任何一个。这时，便听见有人说：“你自己退下嘛，反正跳舞不能戴助听器，很难跟上节拍。”

“你会不会说话啊？！”花木林一跃而起。

“少废话！”我一脚踹翻一张课桌，压得他动弹不得。

20天后。

大幕拉开，灯光、音乐就位，我们尽情舒展舞姿，像梦幻精灵跳跃在舞台上。音乐渐渐接近尾声，大家各自到达落幕的位置。我脱离队列，在最前方摆出造型，扬起高傲的嘴角，扫视全场。

在掌声雷动的那一刻，一切都已释怀。

花木林不敢看我的眼睛，说我的眼神透露着女王的气势，仿佛所有人都将被征服。他入伍时，我们去饯行，他依然这么说。

凛冽的寒风刺痛着脸庞，我才发现，我们习惯了他笑比哭更痛苦的表情，也习惯了他执拗的言行。蕾子不住地点头，点着点着，眼泪就掉了下来。

8

空间距离使我们亲近了许多。

部队不能带手机，他每次都排很久的队，给我们打电话，还经常开玩笑说，他当兵除了保家卫国，还为了更好地保护我们三个。

他第一次回家探亲，我们已是大学生，他便跑了三所大学。后来，我们去部队看他，他开心得像个孩子，请假带我们去玩。那时候，他已是班长，他的兵问哪个是嫂子。他说：“这三个，一个温柔，一个凶悍，一个是女王，你们觉得是哪个？”

他的兵齐喊：“女王！”

他用帽子磕他们的头，说，笨死了，那我不成太监了？

虽然这个逻辑是错误的，但不可否认，只有蕾子适合爱情。小丝太散漫，我太注重前途，而蕾子小家碧玉。她可以为他守候，为他照顾好家庭，做一名合格的军嫂。

他在执行任务中受伤了，听到这个消息，蕾子当场晕倒。虽然伤得很重，但他还是扛住了，他说军人从不食言。当我们赶到重庆，他已度过了危险期。蕾子抛开哭泣，细致入微地照料着他，并讲起这些年和那些年的事。失恋、受伤、彷徨、奋斗，我们都经历了，曾经很冒险的梦也渐渐成熟。像花木林的承诺和蕾子的爱情一样，梦想让我求生，使我坚强。当我曼妙地起舞，当我把音符从钢琴中准确弹出，当我用不清晰的语言清晰交谈，谁又能想到我原本是聋哑人呢？

诚然，爱总给人不死的力量，使我们坚定地走每一步，为它承受原本不能承受之重。

因为我们都还年轻，才能编织一些可爱可笑的梦境。就算无法实现也不会太在乎，毕竟这段成长岁月，你和我一起走过！

白菜也有颗美丽的心

君燕

人不可貌相。

——冯梦龙

1

当苏美丽乐颠颠儿地搬着凳子坐到我旁边时，我厌恶地把头转向了一边。全班的同学我都不喜欢，苏美丽同样也不例外。苏美丽名字叫美丽，但是她一点也不美丽。高高的额头上耷拉着几根稀疏的黄头发，塌鼻子下的厚嘴唇中隐隐地露出两颗大门牙，一笑起来，活脱脱一个兔八哥。可笑的是她好像并不在意，整天乐呵呵地向人们展示她的大门牙。苏美丽很白，但身材又矮又胖，加上她不敢恭维的五官，我突然想到了菜市场里随意堆放在墙角的大白菜。可不是吗？真像！

看到我笑出了声，苏美丽又咧开了嘴："笑什么呢？""大白菜，哈哈，你是大白菜！"我指着苏美丽大声说道。教室里的同学闻声都起哄般地跟着笑了起来，苏美丽的脸涨得通红，尴尬地低下了头。谁让你去老师那儿要求和我同桌的，哼，我自己一个人多清静！看着苏美丽的样子，我恨恨地暗想。

没想到此后，“大白菜”成了苏美丽的代号，同学们从一开始背后偷偷地叫到后来明目张胆地当面叫。对此，苏美丽竟然一点也不生气，有时还露出她的招牌笑容痛快地答应着。这个傻妞，简直傻到家了，我不由地对她嗤之以鼻。

2

这天放学后，苏美丽露出了她经典的大白牙对我说：“我去你家做作业吧？”“什么？”我吃惊地瞪大了双眼，简直怀疑自己有没有听错！难道她没有看出我对她的厌恶？还想要到我家里去！“切！我用高昂着的头和一脸不屑的表情表明了我的态度。

“让我去不？”没想到苏美丽竟然不识趣地追问我，这不是自取其辱吗？“NO！”我毫不客气地吐出了这个字。我很长时间没做过作业了，反正没有人管我，奶奶又不识字，老师也拿我没办法。

快到家时，我才发现苏美丽竟然跟在我身后！“你跟着我干吗！讨厌！”我简直是气急败坏地冲着苏美丽嚷嚷道。苏美丽对我的恶语相向竟毫不在意，她调皮地吐了吐舌头说：“我送你回家呀，我是你的‘护花使者’！”

“不可理喻！”面对苏美丽的死缠烂打，我也无可奈何，只好丢下一句话，转身进家，顺手把房门重重地带上了。至于门外的苏美丽会有什么反应，那我就管不着了。

3

我的行为好像激怒了苏美丽，她似乎憋足了劲儿跟我对上了。上课时，每当我做小动作或者想睡觉时，苏美丽会在我的大腿上使劲地拧一下，痛得我眼泪都快掉下来了，却也只能忍着——老师正用严厉的目光看着我呢！

有时我不想上课，就悄悄地躲在寝室里看课外书，往往没看上几页，就听到苏美丽高音喇叭似的叫喊声，我真纳闷儿，我的名字到她的嘴里怎么就变得这么难听了呢？反正不管我在哪里，苏美丽都会像影子似的跟着我，害得我再也不能像以前那样随心所欲地偷懒了。

虽然我恨之入骨，却也拿她没有办法。都说巴掌不打笑脸人，我总不能在她微笑的脸上打一巴掌吧！再说，无论我怎么骂她、羞辱她，她都不会生气，简直就是一个打不死的小强！

不过，我似乎发现了一个现象：自从苏美丽跟我耗上之后，老师批评我的次数少了，连看我的眼神都跟从前不一样了。难道我被苏美丽气糊涂了，产生幻觉了吗？

4

晚上我刚到家门口，苏美丽又不知道从哪里冒了出来。惹不起，我还躲不起吗？打开房门我还没来得及关上，苏美丽便甜甜地对着门里叫了一声“奶奶”。“哎，美丽来了呀，快进来！”看着奶奶热情地招呼苏美丽，我彻底蒙了。

奶奶笑着对我说：“妞儿呀，你这个同学可乖了，每天中午她都来陪奶奶聊天，还抢着帮奶奶干活。我看你这个亲孙女都不如人家呢！”怪不得呢，原来苏美丽趁着我中午在学校吃饭，偷偷地溜到我家来了。这个苏美丽，简直阴魂不散了，真不知道她搞得什么鬼。

“奶奶，我是来请燕子教我写作业的，好多东西我都不会呢！”苏美丽掏出作业本跟奶奶说。听了苏美丽的话，奶奶高兴得都合不上嘴巴了：“那太好了啊！燕子学习还好吧？哎，她父母都不在身边，我也帮不上什么忙，希望不要耽误了孩子呀！”

奶奶的话让我心里突然有些难过，父母离婚后，也顾不上管我，只有奶奶

依然像以前那样疼爱我。这些日子,可把奶奶累坏了。她拖着年迈的身体做家务,还要照顾我,奶奶的腰累得好像更弯了呢。可是,我一点都不让奶奶省心,还净给奶奶添麻烦。我突然想,要是最爱我的奶奶也离开我,我该怎么办呢!自私的我只知道自己伤心难过,却没有想到,其实奶奶也承受了巨大的痛苦和压力呢!

为了奶奶,我也不能再这么消沉下去了,我要振作起来,更要多多地孝敬奶奶。没想到,苏美丽倒比我这个孙女更知道心疼奶奶呢!这时,我看到苏美丽脸上的笑,突然觉得不那么讨厌了,而她露出的两颗大门牙,现在看起来反而觉得挺可爱的。

我和苏美丽坐在桌前,探讨着作业,其实更多的时候,是我在向她请教。苏美丽耐心地给我分析,帮我解答,不大一会儿,作业就完成了。我惊奇地发现,平时那些让我头疼的作业其实做起来也挺有意思的。

5

期中考试时,我的学习成绩有了很大的进步,看着成绩单上鲜红的分数,奶奶乐得眯起了眼睛。而此时,我和苏美丽已成了很要好的朋友,上下学都一起,甚至去厕所都要一块儿去,几乎成了"连体婴儿"。每天放学后,苏美丽还会跑到我家里来,和我一起帮奶奶做家务,奶奶常常被我俩逗得哈哈大笑。而且在苏美丽的带动下,我跟班里的同学也都打成了一片。老师和同学们都说我变了,变得更活泼,更讨人喜欢了。

苏美丽趴在我的耳边,对我说了一个秘密。原来前段时间,因为父母离婚,我受到了很大的打击,情绪陷入了低谷,对学习也产生了厌倦。苏美丽听说了我的事情,便跟老师主动请缨,要求做我的同桌,说要帮我走出困境。于是,就出现了开头对我死缠烂打的情景。苏美丽的话让我又感动又愧疚,眼泪情不自禁地流了下来。

晚上，奶奶留苏美丽在家里吃饭，其中有一盘菜特别好看，像一朵朵娇艳欲滴的花儿。我尝了一口，又鲜又嫩，好吃极了。我疑惑地问奶奶是什么菜，奶奶笑着说："傻丫头，这是白菜心呀！"白菜心？我顿时呆住了。看起来那么普通甚至毫不起眼的白菜竟然还有这么美丽的心？"孩子，看东西不能光看外表，很多看似普通的东西内心里其实是最可爱、最美丽的。"奶奶的话让我沉默了，抬头时，正好看到了苏美丽微笑的脸庞，我顿时明白了：其实，苏美丽就像是一棵普通的白菜，外表平凡，但内心无比的美丽。

鸟美在羽毛上，人美在心灵上。如果我们因为相貌就去排斥一个人，那只能说太不成熟了。

每一场雨洒下的都是思念

午言

题诗寄汝非无意，莫负青春取自惭。

——于谦

秋雨在黑夜中敲醒了睡梦中的我，睡眼惺忪，台灯淡蓝色的光散着点点寒气，不禁打了个冷战。我迷迷糊糊地看到，天蓝色的手表走成了一道横线，呆板得不成弧度。看着镜中嘴角满是污秽的自己，我赶忙拿手擦去那块残留的糖汁痕迹。稍稍清醒后，我才发觉，含在口里的糖块何时已化成糖水涓涓而下，在摊开的日记本上积成了一个已近干涸的小湖，模糊了日记本上黑色的笔迹。

她说过，嘴里含块糖，梦就会被染上粉粉的甜味。我努力回想着刚刚被遗忘的梦境，舔舔口中残存的香甜，似乎与眼前的秋雨相关。

总觉得十月是一个游走的季节，带着漂泊的味道，浸染着随时出发的萌动。5年前，在这个季节，同样飘着雨，我揣着一颗萌动的心，坐了24小时的火车来到了成都，开始了我的职场菜鸟生活。在一个租铺公寓，我遇到了她，那个让我温暖的大眼纤细姑娘。

“珍珠……”她尖着嗓门，把珠字的音调抬得老高，跟旁边的姑娘说笑着走了进来。

我正坐在床上，戴着眼镜读着张爱玲的《小团圆》。我们相视而笑。

听说我来自北方，她难以想象，“那么远？你一人？”

我点点头。

她住在我对面的床铺，坐在床上开始给我讲周边的布局：有哪几所大学，有哪儿路车，哪里可以买到小吃，哪里可以购物……几分钟下来，我已对周边环境了如指掌了。

“你不喜欢跑？”经过几天的观察，她对我说：“看你除了出去买点吃的外，就窝在床上看书。”在她的要求下，我们加了QQ。

又两日，她说：“读你空间里写的字了，很美。我很欣赏会写的人，你以后会很好的。”我佯装着笑了下。要知道我现在就是一个落魄的流浪者，食不果腹，居无定所，辛辛苦苦做了两个月的工，老板欠着工资跑了。

“我找到工作了，请你吃饭。”过几日，她对我说，见我一直迟疑，她又说：“等你工作了，也要请我的，这是我们这儿的规矩。”摸着许久没有油水的肚子，我点了点头。

她拉着我往外跑去。“伞，拿伞哦，外面下着雨呢！”我喊道。

“不用。”她斩钉截铁地带我出去了。

秋日的成都，飘着满城的雨丝，如躲在花间窥视意中人的曼妙女郎，温润而顾盼神游，那样柔顺。让生在北方的我，忘情游走在雨丝中。

这里的花颜色真浓，真艳，真美！这里的树，枝干爬满绿苔，真怪！这里还居然飘着不沾衣的雨丝？根本不用打伞，衣服也不会湿！

我跟着她，第一次发现这里真美，花美，树美，就连秋雨也是美的。

她只是笑着，带我采撷锦里的青，提取浣花溪的淳，领略武侯祠的威，赏玩宽窄巷子的情……

“你可以写下这个雨丝弥漫的秋季。”她突然说。西湖留给世人的是美，而雨丝绕指柔的成都留给人的是味，无论你有多急多躁，她总是温文尔雅地微笑着注视着你，静静地等待着你慢慢变得安静，那神情似新生儿的母亲，温柔而宽和。

望着她陶醉的背影，我想这该是个心思多么细腻的姑娘。她爱这座城，在深圳待了两三年后，还是回来了，因为这里有她的根。

那些秋日，那些雨丝，花草虫鱼，湖水木石，在我眼中突然都有了感情，让我忘却了独在异乡的孤寂和落魄。

“成都是个来了就不想走的城市,但还是没能把你留下……”得知我要离开这里时,她很惋惜地说:“只愿这里给你留下的是美好。”

她一直担心我恨这座城市,因为在我刚刚踏入社会的时候,在这里遇到了所谓的“骗子”,害得我一日只吃两顿饭,而且都是馒头配咸菜。

“你已经留给我很多美好了!”我笑。

出发那天,她拎了一大袋水果、食物让我在路上吃。

我接过来,头也不回地走进了候车厅,我怕回头后会忍不住掉泪。只是在火车驶出站的那一刻,我编了条信息给她:“水是我一生的路径,注定,漂泊是我的另一个名。还记得吧?缘来缘去,都只为遇见你。你永远的陆小小”。

她回了条短信,附上我写的那首《浮萍》诗:

浮萍是开在水中的花灵晶莹
绿色是我被赋予的命痴情
湖面映出光的影
被风打碎洒落一湖的梦
水是我一生的路径
注定
漂泊是我的另一个名
归宿是永不可即的等

最后注脚:“你永远的小小祝好”。

当初就是因为看到了这几行文字,她一定要跟我交朋友。

最好的相逢便是不期而遇,最好的相识便是惺惺相惜。缘聚缘散,不叹不留,送上一声祝福便好。我感激她的理解,也感恩与她相识。

春华秋实,燕归雁飞,雨丝已飘洒了五个秋岁,看过了烟雨迷蒙的杭州西湖,欣赏了淅淅沥沥的小雨苏州,经历了电闪瓢泼的梅雨南京,我又回到了凄冷浓烈的秋雨北方。无论哪场雨,总会让我怀念那季不沾衣的雨季,思念那个大眼纤细的川妹子。

此刻,秋雨正借着风速,苍劲有力地打在玻璃窗上,发出咚咚的声响,瞬而又溅洒在周边。仿佛是谁挥着毛笔,点上一个逗点,滑落窗边。

我拿起笔,在日记本上写下:“雨丝淅淅,青草欲滴;雨丝沥沥,湖光旖旎;淅淅沥沥,雨不沾衣;缘来缘去都只为你。”

又把它编成短信,发给了还在睡梦中的她,最后注脚:“你永远的陆小小”。

然后起身,我伸伸懒腰,含了一颗糖在嘴里,又慵懒地躺在床上,继续做着粉粉甜味的梦,希冀再回到那些个雨丝飘洒的秋日,再邂逅那个大眼纤细的姑娘……

有些人来到自己身边是为了离开。至于为什么,是没有为什么的,可能他们来到你的身边,只是为了教会一些道理!

致那段消逝的游侠路

张云广

孩子们是热爱生活的，这就是他们最初的爱，遏止这种爱是不明智的。

——泰戈尔

每一个在旧时村庄庇护下长大的男子都有一段游侠路，这段路在少年光阴里蜿蜒并撑开一片天地供英雄气息弥漫。

巷子里一阵鸡飞狗跳，那是游侠队员行进至此的先期信号。人人手中配备了弹弓，个个口袋里塞满了石子。弓还未来得及拉长瞄准，刚才还在街道旁一棵老榆树上隆重集会、放声歌唱的鸟雀突然间都噤了声，然后四散飞逃。它们都晓得队员们的射击水准，它们不仅耳朵里仍留着前辈们的谆谆教诲，更有自己亲身感知过的惊心动魄在一次次地加深着记忆。

鸟飞得快，游走于胡同里的鸡身手就远没有那么迅捷了。无奈目标过大，一枚枚飞弹从身旁呼啸而过，还有更精准的射中了脖颈、打疼了腿部，滋味绝对不会好受。鸡若有灵魂，那一刻应该是出窍的时候吧，直至仓惶间费力飞进哪家的木栅栏门，胡乱地钻入一个不为人知的角落里才算是暂时躲过了一劫。

相较而言，大黄蜂是最不肯屈服的家伙了。曾一度在游侠队员们头上盘旋的"黄色轰炸机机群"宣示着它们保卫家园的坚定决心，也为游侠们带来了刺激和悲壮。头上起包包了，没有人会嘲笑，只要手中拿着战利品——蜂巢就痛并快乐着。秀勇敢是人人都争着要做的事情，它所吸引来的仰慕目光足以让人把疼痛忽略掉。

“不被马蜂蜇，枉为男子汉。”这是游侠价值观中重要的一条，被蜂蜇过一次而示人以坚强的人至少可以与胆小鬼划清界限，从此堂堂正正做游侠。

当弹弓瞄准一个从藤上垂下来的丝瓜抑或砖堆上竖立的酒瓶时，那就算是游侠队员们在做“善事”了。谁的射击精准度最高，谁才可称得上大本事，“小李广”“小花荣”的称号是对取胜者最高的褒奖，即使汗水不断地从脸颊滴落也是值得的。尚武精神的旗帜就这样在每一位游侠队员的心中高高飘扬。

《射雕英雄传》播出后的直接效应就是催生了对“打狗棒”的渴求。一时间，村庄外面田间小路上的大杨树变得极具吸引力。爬上树，骑树杈，砍刀落，木屑溅，终于咯吱一声，被相中的树枝一个自由落体惊起一地飞尘。削去皮晾干后再用刀刻上“打狗棒”三个字，那时自称丐帮帮主的少年不断涌现，洪七公高的矮的胖的瘦的各种腔调的都有，一时间让人辨不清到底谁才是真身。

也有在上面刻“金箍棒”三个字的，电视剧《西游记》的播出催生了对美猴王的羡慕，木棒拿在手中好一阵子得意地乱舞，仿佛齐天大圣孙悟空就是自己了。不管怎么说，又添了一件称手的装备毕竟可喜可贺。只是手中的木棒从来没有真的打过一只冒犯自己的狗，也从未降伏过一个过路的妖怪，倒是村里人在庭院中栽种的果树常常领教到棒子的神通。

老赵家的杏树，三娃子家的枣树，还有李奶奶家的梨树和柿子树，一向极受棒子的“关照”。叠罗汉翻墙而入，人站墙头上，棒子逞威风，果实簌簌落，最终落入我们早已清空书本的书包里，而从地里归来的院落主人总会和那位栽种人参果树的五庄观观主有着些许的同感……

久而久之，队员们“赢得”了一个看起来好像永不磨灭的番号——捣蛋军团。对此，大家并不感到遗憾，真正遗憾的是，韶光远逝，竟忘记了自己是哪一天正式退役的，也忘记了自己服役的具体年限。

曾经的少年不再年少，木棒最先找不到了，大概被母亲在灶膛边烧火时派上了用场，而那个躺在上了锁的抽屉里珍藏的弹弓也在一次搬家的过程中不见了踪迹。最后一束英雄的光芒微弱而无声地消散，"游侠"二字彻底成为一个人生的历史名词，一并被永久历史化的还有纯真和豪气。于是，成熟的气息终究是占了上风，然后浓浓淡淡地升起并把日后的岁月填满。

我们曾经那么孩子气，后来就不了，后来就成熟了。我只是觉得人走到什么年纪，就该做怎样的事，这样，人生才是丰盛的。

修剪友情之树

范泽木

人之相识，贵在相知，人之相知，贵在知心。

——孟子

周末，一位学生在QQ上向我吐露心事。事情很简单，无非是青春期里一些司空见惯的事。她喜欢上了班里的一位男生，心湖泛起圈圈涟漪。年少的心事无处诉说，她欲与死党倾诉，又吞吞吐吐有些羞赧。死党鼓励她，有心事就要说出来，既然是好朋友就要坦诚相待。在死党的鼓励下，她终于把心事和盘托出。

没想到，死党把她的秘密与全班共享了。一时间，全班都知道了她的心事。她六神无主，羞得整天低着头，不敢与任何人交流。那些天，她觉得世界突然间狭窄了，落在身上的眼光仿佛都充满嘲讽，她只能缩在自己的世界里。

当然，她对死党恨之入骨，没想到自己的信任换来的却是背叛。

青春里，谁没有经历过这样的事？

上大学时，我的一位好朋友看上了一款漂亮的手机。他对手机念念不忘，到了茶饭不思的地步。最后，他说很想得到那款手机，问我能不能借他100元钱，并说第二个月一定还我。当时我每月的生活费是400元，为了满足他的心愿，我毅然借了他100元。过几天，他又来找我，说只差100元就能买到手机了，叫我一定要再想想办法。我拒绝了，因为我无法把生活费从400元缩减到200元。他看着我，说："你能不能先到同学那里借100元，下个月我一定还。我父母说了，下个月要给我加生活费，我肯定有钱还的。"我禁不住他的软磨硬泡，向室友借了100元钱。

第二个月，我打电话催他还钱，他室友说他不在寝室，叫我晚上再打过去。到了晚上，我给他打电话，他室友说他在洗澡，洗完就打回来。我于是在电话机旁等待，过了一个多小时，电话始终没有响起。我忍不住再次打电话，可一直无法接通。潜意识告诉我，他把电话线拔掉了。

我连续打了几次电话，朋友无一例外都“不在寝室”。那个周末，我决定到他学校找他。很巧，我在校门口遇到了他。他不耐烦地说：“不就200元钱吗，催什么？”我说：“你还我，我就不催了。”“没钱，过几天有钱了就还你。”

这句话被他用了无数回，“有钱了就还你”几乎成了他遇到我时的口头禅。我慢慢意识到，所谓“过几天”是永远都没有尽头的托词，便没再与他联系。

我一度恨他恨得咬牙切齿，后来慢慢发觉，200元钱让我认清了他，从而避免了他给我带来更大的伤害，也许没有别的方式能让我这么快捷地认清一个人，不禁暗自庆幸。

从往事里跳出来，我对学生说：“这件事让你认清了她，你以后不会在她身上注入无谓的情感，这难道不比你一直傻乎乎地把她当死党更值得庆幸吗？”她愣了片刻说：“您说得有道理，我确实通过这件事认清了她。”她发过来一连串大拇指，表示对我的认同。

前几天，一位朋友在微博上写道“从今天开始定期清理QQ好友”。问她原因，她说：“久了之后就发现有些人值得深交，有些人只能浅交，有些人根本不应该交。”

确实如此，友情是大浪淘沙后的硕果。我们总要经历一些事，才知道谁真心谁假意。友情之树有嫩叶，也有病叶，常常修剪才能越长越好。

我们始终行走在路上，碰到一些人，留下一些人。我们总是在寻找，寻找那个最适合自己的人，然后发展一段友谊，所以留下的，都是适合自己的朋友。

一厢情愿的青春友情

张君燕

向前吧，荡起生命之舟，不必依恋和信泊，破浪的船自会一路开放常新的花朵。

——佚名

我一直觉得，我和芳之间的缘分是注定的，从入学报到第一天的相遇，到分在一个寝室的上下铺，再到相处一天就无话不谈的热络与亲密，相同的爱好和相似的性格让我们很快熟悉起来，不到一周，我们便成了一同吃饭一块儿去厕所的好姐妹。

初到高中的陌生和紧张，在和芳的相伴中减轻了很多。可能因为我是家里最小的孩子，我的自主能力不是太强，多多少少地有一些依赖倾向。而芳的性格中则带着一丝男孩子的豪爽和大气，能带给我很多帮助和鼓励。每次想到芳，我的心里都会充盈着满满的喜悦，庆幸自己能够交到这么一个好朋友。

芳是个大手大脚的女孩儿，花钱没有规划和节制，带来的生活费往往会在前两天就花光了，接下来的三天，芳便用几包方便面凑合，她还笑着说自己正好减肥。我曾劝过芳几次，要她学会有计划地花钱，每次她都笑着答应，之后却依然我行我素。劝说无效，我又不忍心让芳挨饿，于是我自己便省吃俭用，好在芳的钱花完后，拿上我的饭卡拉着她一起去吃饭。每到这时，芳总会笑着说："燕子，你真好。""客气什么，咱们是好朋友嘛。"芳直白的表达倒让我有些不好意思了。

芳的性格开朗活泼，再加上她的大气和豪爽，芳身边的好朋友越来越多。看到她热情而友好地对待身边的每一个朋友，我的心里竟产生了一点小小的失落，而且，我隐隐地有一种感觉，芳对我似乎没有从前那么好了。不过这个想法一冒出来，我自己都觉得很好笑，又不是谈恋爱，干吗要有这种排他的感觉呢？

真正让我感觉到芳对我的疏远是在寒假刚开学后。那天到校，我从家里带了很多好吃的东西，并且直接分成了两份，一份是我的，另一份自然是给芳的。那时由于我们搬进了新的宿舍，我和芳已经不在同一个寝室了，不过这又有什么关系呢？在我心里，芳依然是我最好的朋友。当我拿着一大包食物兴冲冲地来到芳的寝室时，发现芳正忙着给同寝室的同学分年糕，看到我来，芳愣了片刻，随即笑着说："燕子，我正打算给你送我妈做的年糕呢。"接过芳手里仅剩的两个年糕，我也笑着，却说不出话来。回寝室的路上，我一直在想，如果我没有去给芳送东西，没有撞见芳给室友分年糕，芳会不会主动把年糕送到我的寝室呢？

之后的日子，我还是会去找芳，跟她讲我高兴不高兴的事，和她分享我的小秘密、小心事，芳幽默的话语和理性的分析总能让我摆脱烦恼，露出开心的笑容。有一天，我对芳说："有时间的话我们一起去爬山吧，我家的后山有一座寺庙，听大人们说在那里许愿特别灵。我们也去许个愿，做一辈子的好朋友，好不好？"芳点头答应了。可是后来，每次我和芳说起这件事，芳总是有这样那样的原因，再后来临近高考，学习越来越紧张，这件事也就不了了之了。

高考结束后，同学们互相填着留言册，写下临别时刻想对同学说的话，也算是对三年高中生活的总结。在给芳写留言时，我字斟句酌，写了满满 页的对往事的回忆和依依不舍的情绪。我把写好的留言还给芳时，芳出去了，桌子上摊着一本别人的留言册，我好奇地拿过来看了一眼，然而，就是那一眼，却让我的眼泪瞬间涌了出来——在"最好的朋友"那一栏，芳赫然写着别人的名字！要知道，在我心里，最好的朋友这个位置有且只有一个人，那就是芳。而我也一直理所当然地认为，芳最好的朋友应该是我。芳在给别人的留言中，还说起了一起去后山寺庙许愿的事情，言语中尽是对友情的珍惜和满足。那一刻，除了委屈，我更多的是失望，甚至还有生气。我以为芳真的是没时间，没想到也许只是因为我在她心里的位置已不重要了。

这件事对我的打击很大，以至于我都不知道该如何去面对芳。之后没多久，我们考上了不同的大学，联系也渐渐少了。如今再想起那件事，我发现自己早已释然了。正如张小娴所说，一厢情愿的不止是爱情。是的，也许在我和芳之间，是我太过一厢情愿。不过即便如此又如何呢？在高中三年的青葱岁月里，芳曾陪着我一路走过，给予了我那么多关怀和帮助，让我体会到了朋友的情谊和珍贵，这就足够了。至于是不是最好的朋友，真的没必要去介怀了。

有些事情是无所谓的，自然也就不去介怀。真正该在乎的，是经历的那份感情以及自己的成长。

与世界温柔相待

第五辑 没有痛苦就没有收获

痛苦是人生的催化剂，经历痛苦，人才会更加渴望生命中那些美好的东西。

戴维斯的“背叛”

凤凰

别人都走开的时候，朋友仍与你在一起。

——谚语

戴维斯开了一家公司，却因为经营不善倒闭了。他的朋友马克也开了一家公司，生意做得风风火火，大把大把地赚钱。马克见戴维斯走投无路，便让他加入自己的公司，当然，为了不让戴维斯感到难堪，他说他的公司需要一笔钱周转，如果戴维斯愿意投资的话，那将是对他极大的帮助。戴维斯信以为真，于是将自己所剩的钱都交给了马克。为了对戴维斯的帮助表示感谢，马克给了他公司一定的股份。

戴维斯加入马克的公司后，才知道公司的生意做得风风火火，但马克告诉他，这是因为他的加入，才给公司带来了转机。戴维斯为此非常高兴，他希望公司的生意做得更好，为此，他努力工作，和马克配合默契。后来的一段时间里，公司的生意果然因为他的努力而变得更好。马克非常高兴，戴维斯加入公司真是对了。公司有钱了，壮大了，马克于是把生意做得更大了，甚至做起了别的生意，他想赚更多的钱。

这天，马克告诉戴维斯，他准备跟另一家公司合作，买一批古董，他说只要这笔生意做成了，公司会赚一大笔钱。戴维斯听了摇头，说他不同意做古董生意。马克说道：“公司是我的，我决定了，就这么做。虽然你占了一定的股份，但一切还是我说了算。我告诉你一声，已经是对你最大的尊重了！”戴维斯见马克坚持，也坚持自己的意见，坚决不同意买下这批古董，他说如果马克一意孤行的话，他就退出公司。

马克见戴维斯不支持他不说，还要退出公司，非常生气，说道："在这关键的时候，你居然要退出，好，你要退出就退出，到时候，我赚了钱，你可别眼红！"当天，马克就筹集资金，交给了戴维斯，叫他立即就走。戴维斯走了，马克非常难过，戴维斯在关键的时候却要退出，这是对他的背叛。想当初，戴维斯落难的时候，是他叫他加入公司，还给了他一定的股份，才让戴维斯"起死回生"，赚了一笔钱。

戴维斯拿着属于自己的那笔钱，又开起了公司。让马克没想到的是，戴维斯居然跟他做的是同样的生意，他很想去找戴维斯理论，但想想还是算了。不过，马克十分生气，戴维斯不但背叛他，还跟他对着干，简直没把他当朋友。气归气，马克回过头来还是得做自己的生意，他想，只有把自己的生意做好，才是对戴维斯最大的打击，只要戴维斯失败了，到时候，他就又得回头来找自己。为此，马克斗志昂扬。

就在马克与那家公司合作，准备买下那一大批古董的时候，突然却传来一个不好的消息，戴维斯也想与那家公司合作，也想买下那批古董。马克这时明白了，戴维斯口口声声说不能做这笔买卖，还坚持要退出公司，原来并非这生意不能做，而是为了独吞这笔生意。马克说："戴维斯啊戴维斯，我真是看错了你！我把你当朋友，你却一再跟我作对。想跟我争这笔生意，没门！就你那点资金，人家根本瞧不上眼！"

虽说戴维斯现在的公司不起眼，但马克也不敢大意，为了避免夜长梦多，他连忙与那家公司签订了合同，并且一手交钱一手交货，把生意给做成了。就在马克以为自己发财的时候，事情发生了意外，原来这是一个骗局，这是对方精心设计的骗局，那些古董都是赝品。守着一堆赝品，马克哭了，对方早已不见了踪影，自己的那笔钱，也追不回来了。这下，公司全完了，马克从富翁一下子又成了穷人。

这时，伤心的马克想到了戴维斯，他又露出了笑容，戴维斯开了公司，找他帮帮自己，自己就一定可以重振旗鼓。没想到，马克还没有去找戴维斯，戴维斯就主动找上门来了。马克心想，他肯定知道我的事了，该不会是来羞辱我吧？不过，马克还是接待了戴维斯，他想看看戴维斯到底会怎么对待他。戴维斯握了马克的手之后，开门见山就说道："马克，你的事我都知道了，对不起，我没能阻止你的这场交易！"

看着一脸内疚的戴维斯，马克顿时糊涂了，戴维斯没有羞辱自己，便问道："你这是怎么了？"戴维斯告诉马克：自己见他一意孤行，非做要那笔古董生意，为此他很是担心，于是他决定退出公司，自己开一家公司，抢着做那笔古董生意，如果自己失败了，那么就挽救了马克的公司。当然，如果他成功了，那也有马克的一半。如果马克失败了，至少还有他的公司存在。因为从一开始，他的公司就有马克的一半。

马克听了恍然大悟，拍着戴维斯的肩膀说："原来你退出公司，其实是为我着想啊，我还以为你真的背叛我了呢！你别自责，你退出公司，就是帮了我的大忙。我见你开公司，知道你困难，于是通过别人，悄悄地向你的公司投了一笔钱，没想到，你现在生意做得风风火火，我也跟着赚钱了！"戴维斯笑了：从前马克帮他，自己"背叛"他后，他还帮着自己，而自己"背叛"他，也是为了他，他们是真正的好朋友！

背叛和爱，傻傻分不清，是我们经常犯的错误。应该懂得，哪些人是虚伪，而哪些人，却一直站在自己身边。

别走进对方的死角

李良旭

自尊心是一个人灵魂中的伟大杠杆。

——别林斯基

晚饭后，我和母亲拉起了家常。说着说着，说起了我的同学小黄。小黄这个人母亲很熟悉，以前我回家时，他经常和我一道，母亲还留他在我家吃过几次饭。

说到小黄，母亲关切地问："小黄怎么有很长时间没有到我们家来了？"

我脸上露出一丝揶揄的神色，讪讪一笑，道："小黄谈了一个对象，那个女的不仅比他大七八岁，而且还带着一个小孩儿，真不知道他是怎么想的。我多次好心地劝他，叫他不要迷失了自己，有那么多的好女孩儿他不喜欢，却偏偏爱上一个拖油瓶的，真不知他是中了哪门子邪了？每次劝他，小黄总是嗫嚅着，好像有什么不便说的隐私。劝多了，小黄好像还有点不高兴，对我有些疏远了。这人真有意思，怎么是这样一个人？真把别人的好心当成驴肝肺了。不行，下次我还要好好劝劝他，我要问清楚了，那女的究竟哪个地方值得他这么去爱。"

母亲听了，皱起了眉头，她的脸一下子变得严肃起来，只听她说："你不应该走进对方的死角，每一个人内心里都有一个死角，你这样贸然走进别人的死角，是对别人尊严的一种亵渎和蔑视，当然会引起他的反感。他这样与你疏远一段距离，就是对你提出委婉的批评和告诫。其实，无论是多好的朋友，都不要走进对方的死角，那个死角，只能一个人细细咀嚼和品味，别人擅自进入，就是一种不恭和冒犯。"

听母亲这么一说，我感到十分地惊讶，我怎么没有想到这一点，我以为我和他是好朋友，就应该有什么说什么，没有什么好隐瞒的，没想到，别人的内心里还有一个死角？

母亲看着我不解的目光，用一种不容置疑的口气说道："其实，我们母子之间也有一个死角，我的死角，你就是作为一个儿子也不能随便进入；你也有你的死角，你的死角，我作为母亲，我也不能擅自进入。这不仅是一种尊重，更是一种文明。"

母亲的一番话，像一柄小锤，重重地敲打在我的心口上，我的心口感到隐隐地作疼。猛然间，生活中发生的一幕幕事情，像电影蒙太奇一样，在我眼前闪现。生活中，我常常自以为是，看到发生在别人身上有什么不可理喻的事，自己就像个大师，对人家"指点迷津""说三道四"。殊不知，在自己自以为"世人皆醉，唯我独醒"中，却走进了对方的死角，触痛了别人内心最忌讳的敏感与柔软。

别走进对方的死角，才能赢得别人的尊重与好感。死角，是易碎品，稍不注意，就将别人的死角踹碎，踹碎的死角，再也拼接不起来了。呵护别人的死角，也是为了更好地保护自己的死角。

诺贝尔文学奖获得者莫言先生在他的《你若懂我，那该多好》一文中写道：每个人都有一个死角，自己走不出来，别人也闯不进去。我把最深沉的秘密放在那里，你不懂我，我不怪你。

每个人都有一个死角，那是自己的领地，自己不想提，别人也不能碰。学会顾及别人的领地，是对别人的尊重。

矮墙上的爬山虎

李红都

在灰暗的日子里，不要让冷酷的命运窃喜；命运既然来凌辱我们，就应该用处之泰然的态度予以报复。

——谚语

最初注意到操场矮墙上那挂“壁画”的人，是宋怡柔。

那天，上完体育课，轮到他和宋怡柔三位同学去搬跳高垫了，他们四人抬起厚厚的垫子走向楼后的体育组。快到那排像乡下瓦房一样低矮的办公楼的时候，宋怡柔突然停下脚步，尖叫起来：“天啊，真漂亮！”

他闻声抬起头来，顺着宋怡柔的指向望去，一排爬山虎将体育组最东面的那面墙壁点缀得绿意盎然。已近中秋，白杨树的叶子开始发黄，一阵风吹过，宽大的杨树叶“沙沙”地响起来，响过之后，几片叶子便随秋风蝴蝶般地飘舞下来，而这满墙的爬山虎，却仍绿得那么耀眼，让人恍然涌出一种如至夏季园林的错觉。

“是啊，像一幅天然的壁画，真的好美。”前面那两个同学也停下了脚步，兴奋地附和道。

他一脸不屑：“哟，这有啥好稀奇的？在我们乡下，家家户户的外墙上都长着这种常青藤……”他说的是实话，从小，他家和邻居家的矮墙上，都有这样一排排的爬山虎，也不知是长辈们种的，还是野生的，他见得多了，早麻木了……

来这个市级重点高中已一个月了，他还没调整好情绪，中考失利对他的打击实在太大。为了能以择校生的身份走进这家市重点高中，他的父母花光了积蓄……

送他来这里的那一天，爸爸拍拍他的肩膀说：“好好学，在城里扎根，钱，你别操心，这是爸爸的事，你就安心学习考大学，刻苦点儿。将来你在城里有个工作了，把我和你妈都接来享享福。”

他苦笑，考大学，是那么容易的事吗？这所重点高中，聚集着全市成绩拔尖的孩子，像他这样勉强够了择校分的乡下娃，又有几个人看好他的前程？

从体育组办公室回到班里，坐在倒数第二排最偏的那个位置，他从身边的窗口望去，远远就能看到那排矮墙上的爬山虎，刚才还引得同学们的惊叹，现在，又孤零零地晾在秋阳中，无人欣赏，就像擅长跳高的他，每每跃过全班跳高的极限时，也同样能引得满操场的赞叹，但很快，那些赞叹便随风飘走，他仍是班里最不起眼的那一个。

转眼，就过了半个学期。期中考试的成绩，像他预料的那么糟糕，他越发怀疑自己的能力，觉得愧对了父母倾其所有为他支付的择校费。

那天，他破天荒地逃了晚上的自习课，走着走着，走到了那排长着爬山虎的矮墙下。夜色如水，静静地照在墙面上，给满墙的爬山虎增添了一丝阴柔的美感。想起即将到来的中秋，淡淡的乡愁，伴着凉凉的月色，从心底缓缓流出。

“呵呵，赏月呢？挺有雅兴的。”

他抬头一看，班主任余老师不知何时已走到他对面。

“我……我……”从未逃过课，第一次逃课就被班主任逮了个正着，他紧张得有些结巴。

余老师冲他笑笑：“听英语老师说，今晚有位同学不太舒服，没来上晚自习，我就赶过来看看。你没事吧？”

他摇摇头。

余老师拉起一根爬山虎，说：“在我们老家，也是家家的墙壁上都长着这种常青藤。这种植物代表乐观、坚强、上进。你看，天气渐冷，其他植物的叶子已陆续凋零，而爬山虎的叶子生命力却如此顽强，城里的高楼大厦难觅它的影子，只有一些老旧的低矮建筑物仍有野生爬山虎生机勃勃的景象。从最初钻出地面、吐出新芽，到长出像脚爪一样的吸盘，攀附着身边的墙壁，或者树木，一点点地向上成长，直到满墙、满树的躯干都缠满这种绿意可人的植物，它一直在暗暗地使劲，我们看不到它的努力，却会在某一天，发现它居然能攀上很高的建筑，这就是生命的奇迹！我和你一样，来自贫困的山区，也有过学习备感吃力的经历，但一想起爬山虎，我就有了动力，我想让自己的手脚更加强健有力，像爬山虎的吸盘那样，不断攀登，向上生长。我一直在默默努力，有一天，我发现，自己的成绩居然超过了最初我十分羡慕的那些班中的尖子生。就像这排爬山虎，最终的高度已达到这排办公楼的顶缘，远远超过了身边的白杨……”

“嘻嘻……你真的在这里啊。”一串清脆的笑声划过夜空，在耳畔响起。他和余老师同时转过头来。

宋怡柔带着几个同学跑了过来。

“给，这是今天晚自习英语老师发的复习重点和试卷解析，回宿舍后好好看看啊。不明白的地方，我明天给你讲，好吗？别忘了，我是英语课代表呢。当然，不懂的，你直接问英语老师也行的。”

余老师拍了拍他的肩膀，笑着说：“对了，我刚想起来，爬山虎这类常青藤的花语叫‘感化’，它除了代表乐观、坚强、上进，还代表纯真美好的友谊，高中三年，你和同学们互相关心、互相帮助，在学习中建立起的友谊，也将像这种植物常青。孩子们，祝福你们！”

原来，距离的产生，不在别人，而在自己；原来，他从不曾放在眼里的爬山虎，有那么多值得学习的品质……

隐隐，有温湿的液体从面颊滑过，流进嘴角，咸咸的，但他的心里，却荡漾起了一种从未有过的感动和甜蜜。

大概每个人都有一段灰暗的日子，喜欢把自己跟众人保持距离，那种状态自己未必喜欢，可还是要拉开距离。

街舞少年

冠豸

志同而气合。

——韩愈

1

那一年，我和浩子都刚上高中，相邻班级；那一年，社会上流行街舞。

每天放学后，总有一群同学，脱下校服，换上酷酷的大裆窄脚裤、牛仔衣，头戴棒球帽，在操场西边的围墙下聚成一堆。人群围成一个大圈，有人在圈子中央翻腾跳跃，阵阵欢呼声引得好奇的同学停下回家的脚步跑去看热闹。

我也是其中一个爱看热闹的人，我看见他们在草地上打滚，还有个同学，单膝跪在一块光滑的胶合板上，他低着头，身体呈飞机状，开始缓缓转动身体，随后越转越快，就像一架即将腾空的飞机。掌声“噼里啪啦”响起时，他又迅速跳跃起来，表情突然间就僵化了，目光涣散，像个机器人，动作一板一眼，摇摇摆摆，就像身上装了弹簧一样。

我认识跳舞的同学，他是隔壁班的浩子。

2

有一次我经过他们班时，因为有点事，走得急，没想到他突然“炮弹”一般从教室里冲出来，硬生生撞在我身上。

我被他撞得很痛，正准备骂人时，没想到，这家伙先开口了：“走路怎么能不看呀？我这么大一号人来了，你都不知道闪？”

“你撞了人都不知道道歉？有没有教养？”我愤愤地斥责他。

言语不和，我们差点就动起手，要不是看见老师从走廊那头走来，我当时就想教训他。

浩子痞痞的，一看就不是什么好学生。那次算是初相识，后来再见面时，我们都是用充满挑衅的不屑眼神打量对方，却再没有讲过话。

我从其他同学那里了解到，浩子学过武术。怪不得敢如此嚣张，不过，我不怕他，我也是从小跟着爷爷习武，正想和他较量较量。

3

见我正盯着他看，浩子故意在我面前大幅度地舞动起来，他夸张地扭动身体，连脖子也扭得很灵动，手更是游龙一般在我面前上上下下地摆动。

我怕他突然袭击，早早做好了准备。不过，浩子没动手，他开始模仿擦玻璃。虽然眼前什么都没有，但他的动作一顿一顿，弯腰、弓背，还哈了口气，擦得小心翼翼，仿佛眼前真有块玻璃似的，身体跟着倾斜，随后身体一扭就滑行过去。

我看得目瞪口呆，他的动作好酷。在我正看得津津有味时，他却朝我努努嘴，用挑衅的眼神示意我和他一起跳。我不会跳，红着脸后退时，浩子却得意地咧开嘴笑了。我心里愤愤地想：有什么了不起的，不就是跳街舞吗，我学学就会了。

我临离开时，对着浩子撇撇嘴，头一扬就走了。

我暗下决心，自学跳街舞，从他们的动作来看，我很有把握自己能够学会，毕竟我有多年的武术功底，那种一招一式的东西，我学得快，而且加上身体条件好，乐感强，我自信我跳舞不会比浩子差。

想好了，我就付诸行动。我特意买了一本教人跳街舞的书，还了解了它的渊源。只是刚开始学时，书上那些看似简单的招式，我却无法把它们连贯起来,要领没有掌握,我感觉自己的整个身体都是僵硬的,不协调,显得极为别扭。

4

听同学讲,浩子有一张黑人跳街舞的光碟,他跳的动作都是从里面学来的。

要想学跳舞,总得有所付出。我拿出小猪储蓄罐,狠下心砸碎,把攒了半年多时间的零花钱全取出来,自己也准备买上一张光碟。可是跑遍了几条街,我把镇上所有音像店都找过了,也没有找到一张,店老板都说:卖光了,得过段时间才会再进货。

我很失望,怅然走在人来人往的长街。突然一件很朋克的牛仔衣映入眼帘,我想穿上它跳街舞一定帅呆了,于是跑进店里问价钱。"80元!"老板头也没回地应我。我握着手中仅有的三十几元零花钱,又失落地离开。

"怎么?想买牛仔衣?"不知什么时候,浩子居然出现在我眼前。

看见他,我没来由地生气,于是愤然道:"跟你有什么关系呢?走开。"

"那可是我家开的店,想要的话,价钱我说了算。"浩子不计前嫌,很大气地说。

"我总共才三十几元,够吗?"说着,我把手里紧捏着的钱摊开给他看。"看你也是喜欢跳舞的人,所以便宜卖你。给我20元,我去把衣服给你。"他说。

我以为自己听错了,20元,怎么可能?

见我面露疑惑,浩子豪爽地说:"我说够就够,我老爸听我的,我还可以送你一幅跳街舞的皮手套和扎头的红带子。"

我知道自己和浩子并不熟,非亲非故的,他凭什么要对我好?难道是个圈套?于是我说:"你干吗要对我这么好,有企图吗?"

"你以为你很有姿色呀?企图你?笑话!我是看你身体好,跳街舞肯定好看，我打听过你，知道你学过武术，学那些高难度的街舞动作一定没问题。我想找个伴，一起跳街舞，以后我们还可以组一个团队，可以吗？”浩子向我发出邀请。

“没问题！不过，你的跳舞光碟要先借我，让我学会了才行。”我一口答应他，还提了要求。毕竟隔壁班，和浩子相撞后，我也打听过他，知道他只是样子上有点痞痞的，其实成绩很好，还是他们班的数学课代表。

5

在浩子的帮助下，我购齐了跳街舞的全套装备。

每天放学后，我们就一起去操场西边的围墙下跳舞。通过一段时间的观摩，加上自己看书、看光碟，什么“太空步”“背部旋转”都是小菜一碟了。因为有武术基础，身体轻盈，那些在一般人眼中的高难度动作：托马斯、风车，我轻而易举就掌握了，而且动作很潇洒。

“我看人的眼光从来不会错的，我就知道我兄弟很行！”浩子面对大家夸我跳舞跳得好时，不忘自吹自擂。

和浩子熟悉后，我了解了他的性格，知道他是一个很有意思的人，进而喜欢上这个朋友。我们在一起时，先写作业，然后一起探讨跳街舞的动作要领，并且开始学着编排新动作。

我们一起听了很多的摇滚音乐、民谣，然后按节奏的快慢强弱设计舞蹈动作。我们都学过武术，身体柔韧性好，爆发力强，才几个月的时间，我们的街舞水平就超越了高年级的学长，在校园里颇有些“叱咤风云”的感觉。

外校的街舞少年来找浩子挑战，浩子单枪匹马，欣然前往。一个常一起跳舞的学长急匆匆地跑来通知我，我放下书，急匆匆地赶到他们斗舞的公园时，浩子已经处在下风。对方毕竟人多势众，而且有准备，浩子的舞技发挥不出来。我们俩得益于武术功底，配合的动作很多，仅他一人时，就施展不开了。

见到我来，浩子喜出望外，他急切地叫：“兄弟快来，我都要撑不住了，这群对手相当厉害。”那群街舞少年笑了，我也笑了，很快加入队列。我和浩子娴熟地施展起那些高难度的动作，“转飞机”“滚车轮”及倒立手转，赢得了阵阵掌声，总算为浩子扳回一局。

对方很佩服我们的舞技，更羡慕我们俩默契的配合。浩子搂着我的肩膀说：“是呀，我兄弟很棒的，我们是最好的搭档。”浩子又开始洋洋得意。

我们都是热爱街舞的少年，大家很快就熟悉了，后来还常常邀在一起到公园跳舞。

6

浩子总是一句一个“我兄弟”来称呼我，叫得我心里暖暖的。别看他平时一副混世魔王的样子，其实心很善，还很软，而且他在学习上更有一种“钻”劲。

“跳舞时跳舞，学习时学习，动静分明才是好孩子。”在一次浩子获得了省数学竞赛第二名后，他眉飞色舞地对我说。

“你就知道臭美。英语单词再不努力背，你就被我甩到后面去了。”我逗他。我知道英语于他来说，算是弱项，所以故意激他。

“别得意，我正抓紧呢！小心哟，别让我超越你，要不，你这个英语课代表可就糗大了。”浩子公开挑战我。

我们俩在学习上你追我赶，互相帮忙，闲暇时间里一起跳舞。我们自己编排的《惊魂一夜》荣获了县里举办的街舞大赛冠军。学校的晚会更是给我们提供了一次次展现自己青春风采的舞台……

我们都是街舞少年，因街舞结缘。我们的友谊从那时至今日，一直是最好的兄弟。

我们因为兴趣相投，所以才会聚集那么多朋友在身边。一起努力，一起进步，这是彼此最好的财富。

吃遍天下泡面

苗向东

一个人的特色就是他存在的价值，不要勉强自己去学别人，而要发挥自己的特长。这样不但自己觉得快乐，对社会人群也更容易有真正的贡献。

——罗曼·罗兰

2014年4月1日，福州一中王同学收到了美国罗切斯特大学的录取通知书。有同学听说后，说：“别信他，今天是愚人节。”同学们知道，王同学学习不是最好，写作文不拿手，演讲也一般，玩电脑也不行，可以说没有什么很突出的地方，就是爱泡方便面，美国大学凭啥看上他？

说起吃泡面，王同学确实与众不同。王同学小时候，因父母工作的关系，白天都要上班，没法为他做饭吃，父母怕他自己开煤气不安全，于是干脆就给他买来方便面，让他用开水泡着吃。但不久就把他吃怕了，因为父母一买就是一箱，而且老是那么几种，很快他就吃腻了。可有一次他去新加坡，吃了那边的泡面后，才发现，这世界上竟然有如此美味的方便面，于是他定下了一个目标，要吃遍天下方便面。

从那以后，他吃方便面是有目标、有计划地品尝。他不只是把吃方便面当应付，当成充饥，而是当作尝鲜与欣赏，开始不断地换牌子，每种牌子和口味的都尝试一下，看哪种好吃。

各种牌子、各种味道的方便面他都吃过，什么康师傅、福满多、东三福、好劲道、统一100、面霸120、五谷道场。但他不满足，开始吃日本、韩国、新加坡等各地的方便面，甚至欧洲、美洲、非洲的方便面也想办法弄来，品尝的过程是一种极大的快乐与发现。后来他发现最合他口味的是：开杯乐意大利牛肉面，浓浓的番茄加上喷香的牛肉，丰盛的配料，无论是面条还是汤味都是他吃过最好吃的。排行第二的是农心辣白菜拉面，那辣味、酸味够威够力，最关键的还是面条，面条大小适中，弹性十足。他还把各种方便面的味道、风格记录下来，甚至有时作文也写方便面，他觉得一写起方便面，就如数家珍，文思泉涌。

后来，父母有条件为他做饭了，再加上他长身体，父母也想弄些好吃的给他，就让他别再吃方便面了。可到了高中，他吃方便面成了兴趣爱好，只要哪里、哪种方便面还没吃过，他就一定想办法尝一尝。另外，他还开始自己加工、配料和改进。他读高中时，试过很多种吃法，试过三种味道的方便面一起泡。后来他发现方便面一定要煮而不是泡，泡则软烂温吞倒胃口。香港茶餐厅有一道秘制公仔面，在底材上发动脑筋，花样百出。后来他做出私家独味的方便面，汤料根据个人口味加加减减，不一定一股脑倒下锅。他还做过方便炸酱面、比萨酱焗方便面、泰式海鲜炒方便面、龙虎斗方便面、辣白菜煮面……就这样，他能把一包方便面煮出10种味道，成了同学中的“泡面达人”。再后来他会给一些方便面企业提意见，还会对一些方便面的名称进行搜集整理，看能不能想出更好的，还对各国家、各厂家方便面的广告语收录下来研究。总之，与方便面有关的知识与信息他特别在意，一旦谈起方便面，他就如数家珍，说得头头是道。

高三选择去向时，他想到了出国留学。从他的学习成绩来看，大家都不看好他。他既不会唱歌，也不会跳舞，所以从发展前途来说，大家也没把他放在眼里。在写留学申请材料时，王同学从高考作文素材中看到马云也喜欢吃方便面，而且在创业之初就曾吃过9个月的方便面，并且对于喜爱吃方便面的人优先录用。于是王同学就写了自己最拿手的吃泡面的经历。当时有同学就笑话他:“太二了。”没想到这还真就引起了招生官的注意,在回函通知书中写道:“在得知你对泡面的狂热以后,辅导员推荐了你,委员会和我都确信你会坚持到底,并且能作为罗切斯特的一员成长得更加强大。”

由于西方国家更注重个人兴趣爱好,注重学生的鲜明个性和特点,王同学因爱吃泡面的与众不同,脱颖而出。当王同学被罗切斯特大学录取被证实后,同学们傻眼了,但也似乎明白了一些道理。

每个人都会有自己独一无二的特长,当特长到了一定的高度,就可以成为你去面对世界养活自己的技能。

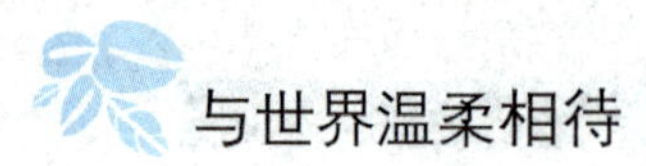

最好的友情

安心

别人都走开的时候，朋友仍与你在一起。

——谚语

1

“简欣在这次的英语大赛中，首轮就被淘汰了。”

“不可能吧？她英语那么好，怎么会被淘汰？”

“事实就是如此，我大姨是评委，还能有错？”

“那太可惜了！简欣心高气傲的，她可受得了？”

“受不了也得受，谁让她输了？只能证明她实力有限。看她还狂什么？”

……

回到学校后，各种议论就沸沸扬扬在教室蔓延。大家小心翼翼地窃窃私语，怕简欣听见似的，却又故意让简欣听见。

简欣端坐着，面无表情，眼神荒芜，虽然手里捧着一本书，但一个字也没有看进去。早料想到会要面对种种的流言蜚语，但真正面对时，简欣知道自己其实没有想象的那么坚强和不在乎。

简欣强忍住不让泪水从眼眶滑落，她是个傲气的女生，她一直高高在上盛气凌人地面对身边的同学，她不想被大家看见她的脆弱，但那些流言依旧像针一样刺得她心里难受。

简欣的异常表情被坐在身旁的张萱看在眼里，张萱没有高兴，更没有开怀大笑。虽然简欣一直没把张萱放在眼里，还常常出口伤人，张萱也难受过，

但现在看见简欣泛红的眼眶,眼眶中闪动的泪光时,张萱心软了。

张萱轻轻碰了碰简欣的手,悄悄递了张纸巾过去,简欣却异常恼火地瞪了她一眼,说:“我不要你同情!你正开心吧?看见我难过,你是不是特高兴呀?”“我没有!”张萱没想到简欣会有这样的反应,一时急得不知所措。

后面再次有同学喧哗起来时,简欣禁不住趴在桌子上“嘤嘤”地哭泣起来。

2

放学时,大家蜂拥而出。

张萱在整理书包时,偷偷瞥了简欣一眼,见她正慢吞吞地磨蹭着,于是也放慢了动作,想等她一起回家,她有话想对简欣说。可是简欣似乎看懂了张萱的想法,她居然不动了,就坐在位置上,背挺得直直的,昂首挺胸。

“怎么了?简欣,还不回家吗?”张萱轻声问。

“你是在等我吗?”简欣说。

“嗯!一起回家吧,好吗?”张萱微笑地望着简欣,希望她不要拒绝。

简欣不明白张萱的做法,虽然她们同是女生,虽然她们是同桌,但她们的关系一直就不温不火,根本不像班上其他同桌那样亲密无间。

简欣不喜欢张萱,觉得她跟谁都聊得来、玩得来,根本不真诚,最重要的是,简欣觉得张萱不够努力,于是常常说话时就故意带刺,她想不明白,成绩也还不错的张萱怎么就没有想过要追赶她?与其花那么多时间应付同学,还不如把书读好,把成绩再提高一些。所以每次见到张萱和同学玩得不亦乐乎时,简欣就很不屑,看都不愿意多看她一眼,觉得她是一个没目标、没梦想的女同学。

“为什么要对我好?你不记得我伤害过你吗?在你们眼中,我不是一个高高在上、冷血的,不知同学情谊为何物的怪胎吗?”简欣直言不讳地质问张萱。

听了简欣的话，张萱愣了一下，是呀，所有同学都在背后这样议论她，自己为什么要留下来碰钉子，为什么会想安慰她呢？明知道一次失败根本打击不了她澎湃的自信。可是心里有一个声音在告诉自己，她喜欢简欣这个直率的朋友，她要留下来，她要陪着简欣，因为简欣现在正需要别人的关心和安慰，正需要友情的温暖，无论过去她如何对待自己，毕竟她们是同学，还是同桌。

“你是高高在上，因为你成绩好，但你不冷血，虽然我们关系没有特别亲密，但我们毕竟是同桌，不是吗？而且我一直也很想知道，你为什么不愿意把身边的同学当成朋友？什么样的人你才会真心交往呢？”张萱不亢不卑地问。

张萱的态度倒是让简欣好奇了起来，这个原来被她嘲笑时只会脸红、不会争辩的同桌，现在居然镇静自若地侃侃而谈了。

3

路上，心直口快的简欣毫不掩饰地说出了她对张萱的看法。

斑驳的树荫下，张萱听完简欣的话后，脸不自觉地涨得通红，简欣说得没错，一直以来害怕孤单的自己为了赢得好人缘，总是刻意地经营与同学之间的关系，有时自己并不真诚。

“你总是一个人，不孤单吗？”张萱不甘心地反问一句。

“孤单？是有点，但我确实不喜欢整天嘻嘻哈哈玩世不恭的人，一个人没有目标、没有梦想太可悲了。他们嘲笑我比赛失利，但他们连参赛的资格都没有，还好意思嘲笑我？当然，大家的嘲笑也让我明白，强中自有强中手，我还会继续努力的。可是他们呢？每次考得那么差还笑得花一样，真让我不可思议，我不喜欢他们。他们知道什么叫努力吗……”简欣滔滔不绝地说，那些压抑在心里的话需要一个宣泄的出口。

听完简欣的话，张萱沉默了半晌，想了很久，也想了很多以前不曾想过的。

简欣说的都是实话，在这所普通中学里，学生们受社会影响都不爱读书，只知道整天玩乐。班上的同学羡慕简欣，也嫉妒简欣，心里是想接近她的，但看到她傲然的表情又敬而远之，怕自己被她直白的表述伤得体无完肤，他们用玩世不恭的态度来掩藏起自己青春的迷茫，他们把努力的简欣当成了“异类”……

“我说得不对吗？”简欣扬起头说。

“你说得对，够直接，也够坦诚。”张萱说。

张萱心里最佩服的就是简欣这一点，她真诚、不造作，可是最怕的也是这一点，简欣的话针针见血，让人无地自容。可是现在的社会虚情假意的人多了，而敢实话实说的人并不多，敢当面指出别人缺点的人更少，或许只有像简欣这样的朋友才最值得珍惜吧，这样的友情才是最好的友情，而这不正是自己最需要的吗？

4

简欣早已看出张萱的友善和频频向她伸出的橄榄枝，她虽然不是那么喜欢张萱，但她对自己一次又一次的示好，她还是很感动的，特别是当别人都在看她的笑话时，只有张萱没有幸灾乐祸，她值得自己当成朋友。可是，自己又一次地直言不讳，会不会又伤害了她呢？

还好，性格开朗的张萱在第二天一见面时就给简欣一个灿烂的笑脸，让她宽心不已。孤单并不是自己想要的选择，如果能够有个志同道合的朋友在身边，生活一定可以过得更快乐，谁愿意总是一个人呢？

简欣第一次接受了张萱的邀请，下课后两个人一起到操场走了一会儿，虽然没有说什么，但彼此心里都是欣喜的。女生间的友谊总是喜欢亲密地待在一块儿，就连上厕所也要成群结队，那是男孩子们永远都想不明白的事。

“好朋友就有责任让对方变得更好。”这是简欣对张萱说的。她是这样说，也是这样做的，简欣希望张萱能够在学习上加把劲，把学习成绩搞上去。简欣帮张萱重新制订了新的学习计划，还在课后帮她查缺补漏。

张萱也没闲着，除了重新燃起学习的热情，她也在努力做一件事。原本人缘就好的张萱开始真诚地对身边的其他同学，她希望像简欣说的那样做，真正的友情就是帮对方变得更好。她不仅努力消除大家对简欣的误会，还帮助大家重新认识简欣。简欣是傲气的，那是因为身边的同学都不好好学习，不知道努力，如果大家都变得积极向上，那么整个班级的氛围会不会就变得完全不一样呢？

我们应当有包容和接纳的心，在青春的时年里，没有绝对的排斥和对错，每个人都可以是朋友。尤其在同学之间，友谊真的是第一位的，最好的状态是，每个人都是朋友，这样才好呢。

我送青春一个你

胡识

总有一天我会从你身边默默地走开，不带任何声响。我错过了很多，我总是一个人难过。

——郭敬明

好一朵栀子花

我和阿青正式接触是文理分科后，之前我和她没说过任何一句话，虽然我们也曾在同一个班。用现在的话来说，阿青是一个名副其实的女汉子，出口成脏是她的一大特色，班里几乎没有男生愿意跟她有过多交集，我也不例外。

她总是昂首阔步的在讲台上用咄咄逼人的口吻发号施令。

“你们吵什么吵？书读不下去就给我滚蛋！”

“那个谁谁谁，放学后可别忘了打扫卫生，扣分了，我弄死你！”

“阿彪，你有没有把我这个班长放在眼里？”

阿青是蓝天中学的资深学霸，每科成绩几乎都能拿满分，在学校遥遥领先。她干起活来也是雷厉风行，每次做早操她准能在三分钟之内把我们班的队伍整得挺拔笔直，她前一秒叫大伙做“跳跃运动”时要跳起来，后一秒大伙就齐刷刷地手舞足蹈。因此，班主任——乐先生常夸她为巾帼英雄，得力干将。

我们坐在讲台下给阿青鼓掌，她的大眼球在眼眶里不停地滚动，活生生像乐先生躲在窗户外巡视我们。

每经历一次月考，乐先生就会调动我们的座位。

“乐先生，我求求你可千万别让我和阿青同桌啊！”我刚在心里祈祷完，噩耗就发生了。

“胡识，你去和周青青坐一块！”

“你的数学成绩简直差爆了！”

我慢慢地抬起头，阿青正好看着我，她的两根手指头来回地摩挲着嘴唇，“小样”。

我不寒而栗。

青春战斗记

可令我意想不到的是，阿青成了我的同桌后却出奇地对我好。每当虎头虎脑的阿彪嘲笑我是个大瘦子时，阿青一定会对他河东狮吼：“滚！给我马不停蹄地滚！”

有一次，我在回学校的路上碰到两个小混混，他们把我逼进一条小胡同，叫我蹲下。个儿高一点的手上拿着一根木棍，另一个从地上捡起一块砖头，他们威胁我把钱交出来，否则打断我的腿。

我每个星期的生活费只有五十块钱，都是妈妈靠卖菜挣来的。我把钱看得比我的命重要，我死死地咬着嘴唇说：“我没钱！”我颤颤巍巍的双手紧紧地贴在布鞋上，我把钱都藏在了袜子里。

妈妈说，袜子有异味，强盗不会搜那里。

可妈妈却忘了我那个穷县城的强盗也是他的妈妈抚养长大的。

小混混在我衣兜里没搜到一分钱，便将眼睛挪上我的鞋子，“快，把它给脱了。”

我将浑身的力气都集中到脚下，我的脚趾头就好像树根深深地扎进地里，不一会儿，我的双脚便被汗淋湿了。

小混混看我一点也不听话，开始急不可耐。个儿高的拎起木棍，“丫的，我揍死你。”

就在棍子快落在我肩膀的一刹那，一阵咆哮声从不远处传来:“你们在干吗？还不快滚!”

我们仨在同一时间抬起头，阿青就像周星驰电影里的包租婆，嘴里叼着一根牙签，瞪大着眼睛，咬肌像隆起的小山丘，肱二头肌和肱三头肌在激烈地打斗。

“呸！”阿青吐掉牙签，捏紧拳头。

小混混“嗖”的一声站起身来，瞅了瞅我，又转向看着阿青，他们的脊柱在发抖。

“还不快滚！”

小混混连滚带爬，吓得屁滚尿流。

那天，我才知道阿青的哥哥是市武术协会的会长，阿青也学过跆拳道。她周末喜欢在胡同出没，专门镇压小混混。

原来你是独角兽

青春校园小说风靡蓝天中学时，我在校门口的书店办了一张会员卡。我每天会花一毛钱从那里借书，然后上课时就趴在桌洞里偷看。

起初，阿青总会在我不听讲时，揪着我的耳朵说:“阿识，你书还读不读?”

我点了点头，看了一会儿老师又把头低下。

但当有次阿青借了我一本明晓溪写的小说《会有天使替我爱你》后，她就再也没管我了，她也成了这类小说的忠实读者。

我们开始聊起痞子蔡，安妮宝贝，还有阿青最喜欢的作家小狮。阿青曾给小狮寄过很多明信片，可她从没有收到过回信。阿青看着一地的纯白色感叹说:“可能小狮老师太忙了吧！”那时，栀子花落满了校园。

阿青照样每个周末在胡同里出没，考全校第一，只是她说话时不再盛气凌人，重点是讲话不带一个脏字。她的这种质变简直震惊了全班。

古人有云:女为悦己者容，没错，阿青在小狮的小说里看到了自己的影子，她开始关注一个男生。

胡灿是一名转校生，比我们大一届，平时喜欢身着白衬衣，外搭一双帆布鞋，最大的特点就是不穿袜子。我曾向阿青吐槽说，胡灿营养不良，是个卷毛。可阿青愈发两眼发亮，她说他有个性，还美其名曰是大帅哥的标志。

为了近距离观察胡灿，阿青专门配了一副粉红色的眼镜，她坐在窗口聚精会神地看着对面的教学楼，眼睛眨都不眨一下。有时候，看到胡灿用笔套捅捅鼻孔，阿青会笑得前合后仰，然后拍拍我的脸说："阿识，胡灿真的好幽默耶！"有时候，看到胡灿趴在桌子上一动不动，阿青就会泪眼蒙眬地问我："阿识，胡灿是不是不开心啊？"

我没有说话，甩给她一张大头贴。

阿青看到胡灿和另一个女生手拉手的画面，差点哭出声来。

原来他的每一个心情都与阿青无关，原来他守在奶茶店不是为了见阿青一面，原来阿青只活在自己的世界里，她是独角兽。

栀子花难说再见

阿青遇见胡灿的第一天是在奶茶店，她主动和他搭讪，还加了他的企鹅号，那时候阿青还是个女汉子。她每天中午匆匆地吃完饭就会跑到网吧找他聊天，然后总是心花怒放地对我说，他最近换了网名，更换了心情，又在杂志社发表了一篇小说，他的梦想是考武大，他喜欢樱花。

阿青看到小说里的女汉子成了天使，她也以为会有天使保护她。然而，现实生活中的青春故事大多都是相同的，你坐在窗口看风景，看风景的人却在楼上看你。在我们用温柔的眼光注视别人的时候，也有人在用同样温柔的眼光注视我们。

后来，阿青没有报考武大，去了北方，我则在南方的城市。

胡灿是我的堂哥，他并没有和大头贴里的女生拉手，他所做的一切都是我精心安排好的。因为自从阿青帮我打跑了那两个混混后，我就发现我喜欢上她了，这种喜欢可能还因为阿青的学习成绩让我羡慕不已。就好像有天我看到一朵芬芳丰沛的栀子花从百花中脱颖而出，我便下定决心蜕变成一只色彩斑斓的蝴蝶。但当我发现那朵栀子花为别的蝴蝶动容后，我又会变成一只靠使用蜂针来保护自己的蜜蜂，哪怕自己最后葬身花海。

那时的我们羞羞涩涩，大大咧咧，总以为自己独一无二，不被改变。但当我们在最美的年纪遇到最好的那个人时，我们才会猛然发觉，其实，我们已经在和那段纯粹，青涩的青春告别。而告别的方式就是，我送青春一个你，你向北，一路珍重；我向南，一生平安。

北城以北，南城以南。最后的最后，我们终于失散，青春就是一场迅疾的相遇和错过。请记得，那些年，我们有最美的笑脸。

初恋那件小事

积雪草

一次失败，只是证明我们成功的决心还够坚强。

——博维

一个女孩，在高考之前的那一年早恋了，早恋的温度把女孩的心融化了，她迷失了方向，以为恋爱就是人生的全部。她和男孩双双相约，考同一所大学，念同一个专业，可以在大学校园里继续他们的爱情。

可是等到估分出来以后，所有的计划全部都被打乱了，男孩子因为早恋而影响到学习，成绩差强人意，勉强只够一所二流的大学。而女孩的成绩还是相当不错的，虽然也受到早恋的影响，和她平时的成绩相比，也有所下降，但是却比男孩好很多。

报志愿的关键时刻，她做出了一个很极端的选择，为了能和男孩在一起，她决定放弃理想中那所心仪的大学，而是屈尊去报男孩想报的那所大学。

她的决定让父母大为恼火，恼火之余，开始苦口婆心地劝说，分析利弊，权衡大局，女孩不为所动，心硬如铁，去意已决。她的父亲，一个四十几岁的大男人，威逼利诱，怎么劝说都不听，明明知道那条路崎岖难走，明明知道那条路充满荆棘，明明知道那条路若走下去就不能回头，可是说什么她都听不进去，直急得他长叹一声，落下热泪。

她的母亲更是长吁短叹，吃不下饭，睡不着觉，一夜之间苍老了许多。人生之路，关键处就那么几步，考不上那是天分的问题，可是考上了，为了一段昙花一现的早恋小火苗而放弃，将来肯定会后悔的。早恋不过是人生中一朵美丽的小火花，每个人都会遇到，盛开时很灿烂，熄灭时很暗淡。怎么跟女孩说这个道理，她都听不进去。

那几天，他们家里的温度降到了冰点，每个人的脸上都挂着浓郁的化不开的心事，各路人马，亲戚朋友都被女孩的父母搬来劝说女孩，可是不管大家说什么，女孩都不听，倔强而固执，最后女孩赌气之下，一个人去了南方一所遥远的大学。

事过境迁，早恋的小火苗熄灭了，女孩却因此付出了很大的代价，与自己从小就心仪的大学擦肩而过。虽然事情的结局不是最坏的结果，可是那段心智错乱的选择，即伤害了父母，也伤害了她自己。

仅仅只过了一年，假期放假，她从南方回来，她又回到从前的样子，开朗，自信，有幽默感，她的理智回来了，她身上那些美好的素质也回来了，与从前不同的是，她的话比从前少了许多，整个假期都在打工，学习，接触社会，接触不同层面的人群。

说起那段过往，她笑，说，不走弯路，那叫孩子吗？

这句颇有哲理的话让我沉思了许久，每个孩子都走过弯路，我们总是告诉孩子们，有些弯路不能走，我们总是以我们过来人的经验去阻止他们，可是我们有没有想过，当初父母何曾不是这样阻止我们，而我们听了吗？

当我们用我们的人生经验去阻止孩子们时，他们会听吗？

这真的像一个咒语，像一个怪圈，我们都在这个咒语和怪圈中走着自己的路，用自己的心去感受和认识这个世界，用自己的眼睛去抚摸和丈量这个世界，用自己的心灵去积累和体会人生的经验，哪怕撞到了南墙，折回来再重新开始。

有些弯路，是成长过程中的必经之路，别人无法替代你去感受，在弯路中积累足够多的经验和能量，才能支撑人生框架，才能成长。

成长就是一次一次地摔倒，一次一次地受伤，不断地摔倒和受伤之后，伤口结痂就是一次次的蜕变和成长。

成长是结痂的伤口上开出的花儿。

作家张爱玲在《非走不可的弯路》中说：在人生的路上，有一条路每个人非走不可，那就是年轻时候的弯路。不摔跟头，不碰壁，不碰个头破血流，怎能炼出钢筋铁骨，怎能长大呢？

走弯路不可怕，可怕的是，在一条弯路上走到黑，可怕的是，走在弯路上却不知道那是弯路。

当我们积累了足够多的人生经验时，就会尽可能地避免走弯路，就会认清哪一路是我们应该走的路。人生不会一帆风顺，黄河九曲十八弯，历经劫难，最后才滚滚入海。什么样的人生，有弯路做铺垫，有经验做底气，什么样的路在脚下都会走得坚实安稳，都会走得顺畅踏实，都会走得一生平安！

成长是伤口上开出的花儿，而弯路是成长的必经之路，那是成长所必需付出的学费。

弯路是每个人非走不可的，可是后来，我们却因为弯路使人生变的那么丰盛，以至于你在后来说的时候都会说：真好，这个世界我来过。

没有痛苦就没有收获

崔鹤同

痛苦留给的一切,请细加回味!苦难一经过去,苦难就变为甘美。

——歌德

2006 年都灵冬奥会,韩国的安贤洙勇夺 1500 米、1000 米短道速滑和 5000 米接力金牌、500 米铜牌,使他成为 2006 年都灵冬奥会夺得奖牌最多的运动员,也是在一届奥运会上夺取金牌最多的速度滑冰运动员,同时也是韩国奥运会的最大功臣。

但是他在 2008 年因身受左膝盖骨骨折重伤停赛两年。安贤洙毕业于韩国体育大学,曾经受到了非韩国体育大学出身的教练和选手们的歧视,并由此引起了一阵风波。安贤洙不仅无缘温哥华冬奥会,还因为俱乐部解散无依无靠,使得他难以依靠个人的能力突破层层选拔进入国家队,重新参加奥运会更像是痴人说梦一样遥远。

2011 年 11 月,首尔下了一场大雪,安贤洙心中也如冰天雪地。为了追逐心中的梦想,他只带了两个箱子的生活必需品,和女友禹娜利眼含泪水乘机前往莫斯科。而这年 8 月,俄国冰上联盟向他伸出了橄榄枝,并表示,将不经过选拔赛直接接纳安贤洙进入国家队。

刚来到俄罗斯时,安贤洙只想做一名陪练。因为刚刚做过第 4 次膝盖手术,加之所在的俱乐部解散,安贤洙已经 1 年多的时间没有系统训练。起初他滑得很慢,有时接连摔倒,实力已降至原来的 10%,训练时甚至输给了女队员。原来大家都视他为神一样的人物,看到他现在这个样子,很多选手眼中露出失望和惊诧的神情。

为了尽快恢复状态，安贤洙对自己的要求十分严格，他是队里训练最认真最刻苦最玩命的一个。而且，安贤洙关心同伴，毫无保留地传授经验，对队伍的点拨让俄罗斯队员技术更加细腻，他已成为队伍的“隐形教练”。

2014 年 2 月 7 日至 23 日冬奥会在俄罗斯索契举行。改名维克多安的安贤洙代表俄罗斯参加，并豪夺 500 米、1000 米、5000 米接力金牌和 1500 米铜牌，再次创造了单届奥运短道“三冠王”的壮举，他还成为唯一一位在全部四个男子项目上都拿过金牌的短道速滑运动员。

而韩国在男子短道速滑 500 米、1000 米、1500 米和 5000 米接力奖牌颗粒无收，遭到了惨痛的失败。

安贤洙如今成了俄罗斯观众心目中的英雄，感受到了现场观众山呼海啸般的热情。

安贤洙说：“这是我运动生涯中最好的经历，我永远也忘不了索契。作为运动员，我想我已经到达了顶峰，这是巨大的荣誉。我从没想过会在这届奥运会上取得这样的成就。”

“没有痛苦就没有收获”。这是安贤洙比赛头盔上印的一句话，这个头盔是 2011 年来到俄罗斯前特意定制的。

是的，痛苦是最好的营养剂。人生经过痛苦的炼狱，在痛苦中奋起，就能收获成功与辉煌。

痛苦是人生的催化剂，经历痛苦，人才会更加渴望生命中那些美好的东西，才会拼力去抓住这些东西。

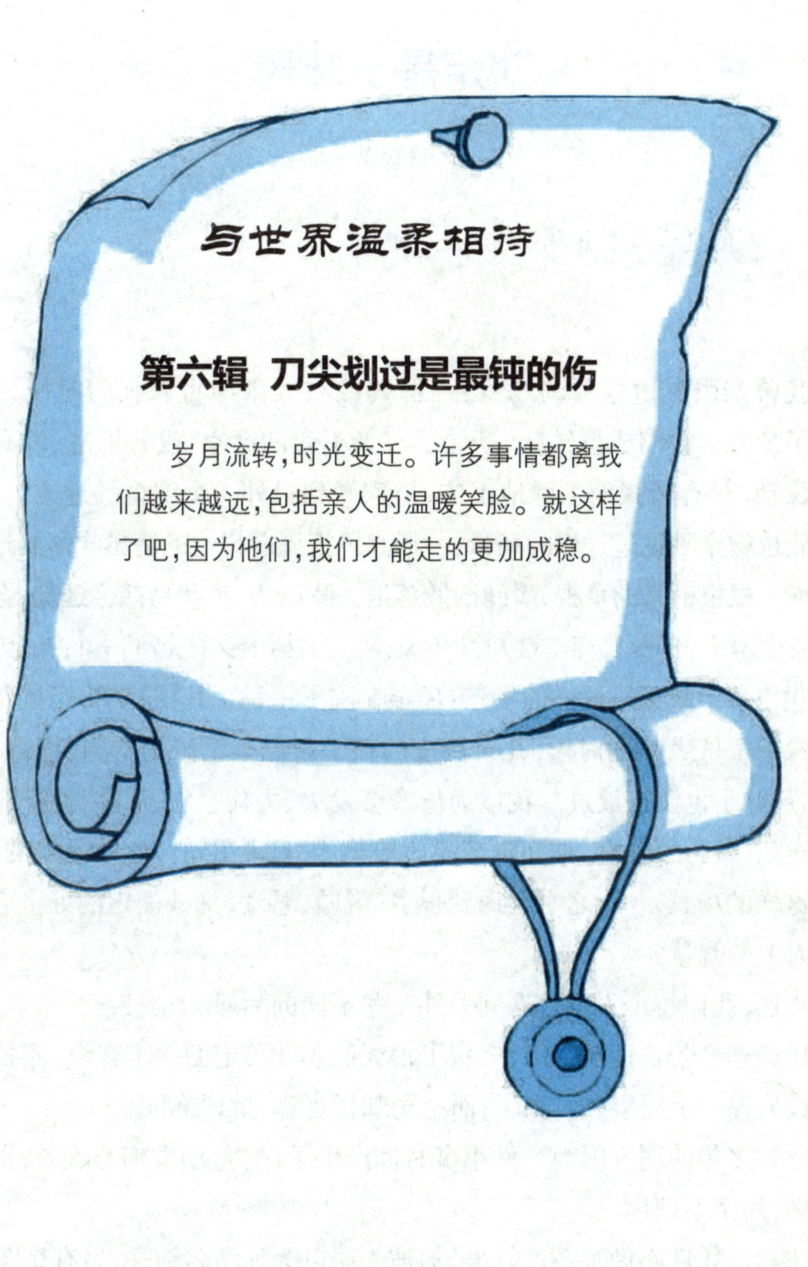

与世界温柔相待

第六辑 刀尖划过是最钝的伤

岁月流转,时光变迁。许多事情都离我们越来越远,包括亲人的温暖笑脸。就这样了吧,因为他们,我们才能走的更加成稳。

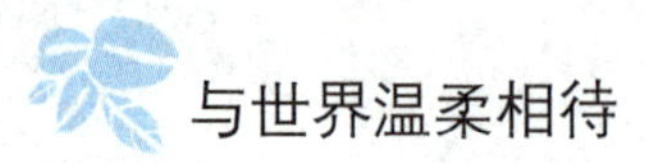

淡定是一味药

积雪草

一个人的自信心来自内心的淡定与坦然。

——于丹

我曾亲眼见过这样的场景：一群蚂蚁在大雨即将来临的时候，敏感地嗅到了危险。它们成群结队，开始了有条不紊的搬家，没有忙乱，没有不安，没有躁动，只有紧张而忙碌地工作，把家搬到另外一个安全的地方。

我也曾亲眼见过这样的场景：一场大风把屋前树上的鹊巢吹落到地上，那些用嘴一根根衔来的草棍，瞬间四散落地。我以为，这些鸟鹊会迁徙，会搬家，或者心生怒火，自暴自弃。谁知没几天，屋前的树上又挂起了一个新的鸟巢。

我也曾亲眼见过这样的场景：母亲在院子里种了几棵桃树，当桃花谢了、青桃像指甲般大小的时候，几个调皮的孩子趁母亲忙碌的空当，把青桃揪落一地，连叶子也没有放过。我以为母亲会发火，去找家长，那些青桃毕竟倾注过她施肥、撒药的心血。谁知母亲淡淡地笑了，只说了句："这些顽皮的孩子。"

这样的场景，一生之中会遇到很多。温暖，感动。那些淡定的处世方式，充满了人生的智慧。

当然，我们每个人也会遇到另外一些不同的际遇。

比如辛辛苦苦地努力工作，费了很大的劲才搞定的一个客户。不成想，半道上被另外一个同事"劫"去了，而上司却指责你、批评你。

比如多年的朋友因为一件小事对你产生了误会。朋友痛心疾首，讽刺你，挖苦你，甚至不理你。

比如你凭良心做了一件好事，却被人误以为你沽名钓誉，另有企图。

比如同学聚会。当年不如你的同学当了“大官”，当年不如你的同学当了教授，当年不如你的同学发了大财，当年不如你的同学都比你有出息。

比如早晨开车出门，心情很好，却被另外一辆走反道的车亲密接触了……

这种时候，你会淡然处置，一笑了之，还是怒发冲冠，心中燃起小火苗？

其实怒发冲冠只能使小事变大，大事变得心中装不下，非但于事无补，还会把事情推向另一个极端，于人于己无半点益处。

这种时候，淡定是一味良药，因为淡定能够熄灭内心熊熊的火焰。君不见淡定的“淡”字，左边是水，右边是火，水浇在火上，水止火灭。遇到天大的事，只要心里揣着淡定这味药，就不会捅出娄子。

杜甫有诗：“水流心不静，云在意俱迟。”滚滚红尘之中，人不能把欲望、追逐放在第一位，要给心灵留一方空间，菊花是淡定的，经霜而不气馁，傲然面对冰霜；兰花是淡定的，深山幽谷静吐暗香；荷花是淡定的，淤泥之中亭亭玉立；梅花是淡定的，冰雪之中芬芳吐蕊。淡定是一种品格，淡定是一种境界，淡定是一种优雅，淡定是一种智慧。

淡定这个词，是最近这两年使用频率很高的一个词，成了大度、不计较的代名词。淡定这个词，看似消极、退让，实则是给生命一些空间。人生就是一次长跑，输赢得失都是暂时的，从容淡定，张弛有度，才是人生的大智慧。

淡定是一味药，失去从容，方寸大乱时，不妨用用淡定这味药。

淡定是从容，是强大，是变通。越是淡定的人，在面对生活的瞬息万变的时候，总是有解决的对策。

那年的情书

华清

不要太早地相信任何的甜言蜜语，不管那些话语是出于善意或是恶意，对你都没有丝毫的好处。果实要成熟了以后才会香甜，幸福也是一样。

——席慕蓉

校园的早恋比龙卷风还猛烈，连班里的几个尖子生也被卷进去，成绩一落千丈。找他们谈话，没收敛几天，月还没上柳梢头，他们已在柳树下卿卿我我了。这样下去肯定会影响高考，真叫人头痛。

“你们想听这封情书的故事吗？”我扬扬手里的情书。全班学生都说想。

这是我和你们一样年纪的故事。

上到高三，我和陶林几个成绩拔尖的同学被班主任黎老师挑中，进到他的“英语小组”学习。每天下午第三节课，我们就到他家吃他精心调制的“小灶”。

高三生活是紧张的、枯燥的。然而，情的种子还是悄然萌芽，破土而出。校园内，多情的纸条在传递暗夜的思念，成双成对的身影演绎年轻的激情，憔悴了的容颜写满相思的煎熬。

“柳芳，今晚我在悠然亭等你。”纸条是用英文写的，我接过陶林从圆桌下传过来的纸条，脸红了。全班男生中我唯一爱慕的就是他。在班里,不是他第一,就是我第一。

我和陶林不可救药地堕入情网,老师上课说什么我一点也听不进去。我们最盼望到"英语小组"学习,因为这样可以面对面看着对方。

有一次模拟考试,我们都考得一塌糊涂。黎老师找我们谈话。"你们都是我最喜爱的学生,这样下去别说重点大学,就是大专都考不上了。好好总结成绩滑坡的原因。"我和陶林你看看我,我看看你,都默不作声。

"柳芳你最近神情恍惚,是不是也早恋了?"黎老师单独找我谈话。我连忙否认。"不是最好了,别像班里有些同学那样早恋,我们都把希望寄托在你身上。"

陶林突然转学了,我想问他为什么,又不知去哪里找他。心里老是纠结着,脑海里总是浮现他含情脉脉的眼神。看着他空荡荡的座位,我的心也变得空空荡荡的。

月考,我跌到三十名以后。

陶林来信了,约我到悠然亭见面。我早早就到那里等,从月升等到月落,仍不见他的影子。恰好,黎老师和师母散步经过这里,我躲避不及。他问我为什么会在悠然亭?我谎称心情不好,出来散散心。"快回去吧,一个女孩子三更半夜的在这里很危险。其他的别想那么多,好好读书,考上大学。你母亲供你读书不容易。"一想起在那几亩薄田扒食的寡母,我潸然泪下。

"今天的班会课,我跟大家谈情说爱。好不好?我先读封情书。"黎老师说。同学们一听有情书,顿时精神亢奋,连连说好。

"那天约你到悠然亭见面失约了,你心里一定很难受吧?真对不起。我父母说得对，我们都是中学生，现在的任务就是学习，考上大学。人生虽然很漫长，但最紧要的只有几步。我们现在正处于人生的关键时期，这步不能走错。谈情说爱那是将来的事。亲爱的同学，让我们暂时忘记彼此，投身到火热的学习中去吧。让我们相约在美丽的大学校园。”老师还没读完信，有些同学就在下面起哄：“谁写的？写给谁的？”

黎老师目光巡视全班同学，然后落在我身上。我赶快低下头，心“怦怦”直跳。这封信无疑是陶林写给我的，怎么会落在黎老师手里？天啊，如果他说出信是写给我的，我还有脸在班里呆吗？

“这封信是谁写给谁的并不重要，你们也别追问。你们正是情窦初开的年龄，男生女生之间有朦胧的好感，老师理解。但是你们还不懂得什么叫真正的爱情，你们还不是谈恋爱的时候。记住这个同学说的话：暂时忘记彼此，投身到火热的学习中去吧！同学们，你们的爱情之花不应该盛开在中学校园，将来绽放在大学校园吧！”黎老师说完，目光又落在我身上。

我专心致志学习，不再胡思乱想了。

考上大学后，妈说拿两只公鸡送给黎老师补补身子吧。

“你也在？”我对陶林说。他瘦多了，人也成熟多了。“嗯，爸说我考上大学了，过来谢谢黎老师。”陶林停顿一下，说：“也应该感谢你，多亏了你那封信，要不我肯定无缘问鼎大学。”

哪封信？我没有写过信给你啊。陶林把信的内容倒背如流。天啊，这不是黎老师在班里读的那封情书吗？这是怎么回事？

“哈哈，你们都想知道原因吧？我也想找个机会给你们说清楚呢。”黎老师不知什么时候回到家了。

黎老师说，他早从我们的眼神中看出异常，找我们谈话，又不肯承认恋情。最要命的是两人成绩滑坡厉害。他找到陶林父亲。“要把他们分开。”陶父很快把陶林转到他所在的学校。一次他发现陶林写信约我出来，他把这事告诉黎老师。“信让他寄给柳芳，我自有安排。”于是，有了他和黎师母“恰好”经过悠然亭的一幕。当然，陶林是不会出来约会的，他已被父亲关了起来。第二天，陶林收到了“情书”，我也在班里听到了黎老师念的“情书”。

“是谁写的？”我和陶林异口同声问。

“这还用问吗？”黎老师眨眨眼。

“老师，那封情书写得真好。我想知道，你后来和陶林结婚吗？”有学生问。

“大学毕业后我们就结了婚。这封情书我们一直收藏在箱子里，它永远不会发黄。”

“我的故事讲完了。”全班学生鸦雀无声，那些早恋的学生，你看看我，我看看你，都低下头。

早恋是正常的，是健康的，我们都曾有那么一段日子，沉浸在对异性的好奇中不能自拔。可是早恋却不一定是正确的，我们必须明白，在生命的什么阶段就该做什么样的事情，如此，生命才不会有遗憾。

礁石是浪花的拐点

高宗飘逸

累累的创伤，就是生命给你的最好的东西，因为在每个创伤上面都标示着前进的一步。

——罗曼·罗兰

人生要面临诸多路口，每个路口都可能成为你人生的一个拐点。站在十字路口前，你可能刚刚经历一段崎岖坎坷的旅程，可能刚刚遭遇一场撕心裂肺般的摧残，也可能刚刚从死神的魔掌中逃脱，你茫然，你失措，你无助。但不管心情如何，你必须选择一条路坚定地走下去，因为人生不可能后退，人生的意义便是在风雨之中还能有一颗勇往直前充满希望的心。

1770 年 12 月 6 日出生在德国波恩市的著名音乐家贝多芬，是西方古典音乐界的翘楚。从小在父亲苛刻的要求下练习羽管键琴和小提琴，7 岁时首次登台演出，8 岁时获得音乐神童的美誉，10 岁时得到普鲁士最著名的音乐教育家聂费的指点，11 岁发表第一首作品《钢琴变奏曲》，17 岁时，曾拜访音乐大师莫扎特，得到莫扎特高度赞誉。就在莫扎特答应收贝多芬为学生时，贝多芬的母亲突然去世，贝多芬的父亲又终日酗酒，贝多芬不得不放弃这次拜莫扎特为师的机会，重回歌剧院做钢琴师，以养活这个家。虽然日子窘迫异常，万分辛苦，但他知道，这只是自己人生路上的一次小小的拐点，只要坚持下去，定会出现转机。

19 岁时，法国人民攻占巴士底狱的消息传到贝多芬的耳朵里，他按捺不住年轻的心高喊道："通过黑夜迎来光明，通过搏斗走向胜利！"满怀激情的贝多芬，只用一夜时间，便写下了《谁是自由人》的激昂曲子。他说："我创造，因为我心里有话要说。”

贝多芬的音乐天赋引起了一位音乐家的注意，他就是1790年来波恩访问的海顿。海顿在1792年再次来波恩时，约见了贝多芬，并建议贝多芬去维也纳接受正规的音乐教育。这让肩负照顾全家重任的贝多芬左右为难，一直支持并鼓励贝多芬的华尔斯坦伯爵知道后，主动出资帮助他去维也纳学习，并说服了选帝侯，同意贝多芬带薪休长假前往维也纳。

1792年11月2日，贝多芬来到音乐圣地，投奔于海顿等著名音乐家的门下，很快，贝多芬的音乐水平有了大幅度提升。他的即兴钢琴演奏吸引了奥地利的利 奇诺夫斯基亲王，也吸引了全体维也纳人，有人曾评论他即兴演奏的曲子“充满了生命和美妙”。

然而就在贝多芬的音乐事业蒸蒸日上之时，他又接连遭遇人生的厄运。25岁的他开始患上耳疾，30岁时，他爱上了伯爵小姐朱列塔·圭恰迪尔，特意创作了《月光奏鸣曲》送给她，最终却遭到对方父亲的反对，朱列塔·圭恰迪尔嫁给了另一个伯爵。贝多芬失恋了，精神受到极大的刺激，甚至写下了遗书。但他还是挺住了，从灰暗中走了出来，许多优美动听的音乐从他的大脑里源源不断地喷涌而出。

这段时间，他写出了《第二交响曲》、《第三交响曲》（英雄交响曲）、《第五交响曲》（命运交响曲）、《第六交响曲》（田园交响曲）、《致爱丽丝》等脍炙人口的作品。他的音乐，旋律跌宕起伏，绚丽多彩，忽而如行云流水，忽而如疾风骤雨，忽而如鸟语虫鸣，忽而如虎啸龙吟，忽而如呢喃软语，忽而如巨浪声声，带给人妙不可言的震撼。

在此之后，他的听力越来越差，虽经努力治疗，病情却急剧恶化，45岁时，就连附近的钟声都听不到了。他只能用书信的方式与人交流，他曾写到：“我现在过的是一种悲惨的日子……如果从事别的职业，也许还行，但在音乐创作里，恐怕这是最恐怖的事！”绝望中的贝多芬曾多次想到过死，但他不甘心就这样离开世界。他静下心来，仔细考量着自己的人生，他知道这是上帝把他带到了又一个十字路口，如今只有音乐才能拯救他，他要这个路口成为他人生中的又一个拐点。于是，他写道："我要扼住命运的咽喉，不容许它毁掉我！"

他重新振奋精神，前后用了六年时间来创作、修改一部曲子，在他54岁时，终于创作完成了著名的《第九交响曲》(《欢乐颂》)。1824年5月7日，这部交响曲首次在维也纳卡德剧院演奏，贝多芬亲自担任指挥。尽管他听不见丝毫琴声，但他完全凭借自己的记忆，甚至连乐谱也没有翻，便成功指挥了整场演奏。台下观众欣喜异常，五次爆发出雷鸣般的掌声，明显高出了皇族成员出场鼓掌三次的待遇。

音乐奇才路德维希·范·贝多芬，一直走在崎岖的人生之路上，但尽管如此，他却从未放弃用音乐创作来抚平内心的忧伤。正是他所经历的挫折与失意，让他有了更多的创作激情，迎来生命中一个个巅峰。他虽然只在人间停留了57年，却集古典音乐之大成，同时开辟了浪漫时期音乐的道路，完成一百多部作品，为人类留下了巨大的财富，对世界音乐的发展起到了举足轻重的作用，被人们尊称为"乐圣"。

奥斯特洛夫斯基曾经说过："人的生命似洪水在奔腾，不遇着岛屿和暗礁，难以激起美丽的浪花。"

人生的长河，注定要遭遇各种拦截和阻碍，转过许多个弯，经历各种拐点。就像礁石是浪花的拐点一样，黑暗是黎明的拐点，乌云是阳光的拐点，暴雨是彩虹的拐点，冰雪是春天的拐点，落叶是新芽的拐点。这些拐点，会激发你无穷的斗志，在厄运来临之时，引导你一次次绽放生命的光芒。

黎明前总是漆黑一片，冬天过了才能迎来春天，所有的苦难来临都预示着我们即将迎接美好。

把配角做绝

涂丽

生活就像海洋，只有意志坚强的人，才能到达彼岸。

——马在思

1953年1月2日，他出生在福建厦门一个普通的家庭里。从小到大，他一直是个非常聪明的孩子，学习好，钢琴好，绘画好，篮球也棒，就连玩剪刀石头布，也远胜同龄孩子一筹。

"有些人，生来就是做主角的。"当有一天，从书上读到这句话时，他激动了好半天："这分明就是用来形容我的嘛！"

他更加发愤地努力着，很快就脱颖而出。那时，李小龙的电影风靡神州大地。做一名李小龙式的娱乐巨人是他的梦想。1971年，凭着过人的表演天赋，他如愿以偿进入了香港无线电视演员培训班。在这个四十人的班级中，精英倍出，其中有一个同学叫周润发，还有一个叫任达华，还有一个叫林岭东，后来成为香港著名导演。尽管如此，他的成绩仍然稳稳居于班级前三名。

从1971年末开始，陆续有剧组来班上招演员。可是，他几次都与主角擦肩而过。一个导演真诚地对他说："你的长相，太过老气，又不帅，只怕很难演主角。"他不信：我成绩这么好，怎么就演不了主角呢？

就这样，两年过去了。他去了许许多多的剧组应聘，都没能担任主角，反倒是班里那些成绩一般的同学，演了许多主角，开始成名。他为了生计，也演了几个配角，可是因为缺乏热情而表现平平。

就在他情绪低迷，感觉走投无路的时候，他的老师找到了他："香港每年拍摄多少部电影？"

“有一二百部吧。”

“每部戏里都有男女主角，这样算来，足有几百名主角吧。可是这些人里面，成名的又有几个呢？”老师又说，“若是演技平平，演了主角又能怎样？若是真有功力，配角何尝不能走出一条康庄大道。”

他听了，大受启发。从此他认认真真地演着每一个配角。每一个角色，他都仔细地看剧本，琢磨很久，有一次为了演好一个乞丐的眼神，他跑到天桥底下，混在一群乞丐里呆了三天。就这样，他先后与刘德华、梁朝伟、周润发等多位大牌名星合作，倍受好评，尤其是与周星驰的合作，更是将他的演艺事业推向了巅峰。1990年，他获得了台北金马影展“最佳男配角”，从此成了华人娱乐界最具实力的演员之一。

他的名字叫吴孟达，在近四十年的学艺生涯中，他没有一个是真正意义上的主角，全是配角。但这丝毫不影响他在亿万影迷心中那不可替代的地位。他的艺术成就不逊于任何一位主角。

在吴孟达的办公桌上，贴着这样一个座右铭：“做剧情的配角，做人生的主角。”

是啊，滚滚红尘，芸芸众生，能力高强之人何止千万。哪能都做得了主角？配角，才是人生的常态啊！做主角固然风光，甘做配角又何尝不是一种人生智慧。把配角做足做绝，又何尝不是一种成功？

甘愿做配角是种心态，把配角做好就是本事了。

放飞梦想的桅杆

一切随风

梦想只要能持久，就能成为现实。我们不就是生活在梦想中的吗？

——丁尼生

黄浩量是厦门松柏中学高一学生，自小就对电影情有独钟，每次看完电影后，都能将其中的剧情细节讲给爸妈听。电影带来乐趣的同时也给了他无限的文学滋养，小学时写的作文就获得过全国性大奖，上初中后，竟然自己动笔写起了小说。

2014年寒假，他萌生了拍微电影的想法，爸妈得知后立即呵斥他道："微电影只能在自掏腰包中打转转，况且马上该中考了，怎能有闲心做这些，学习备考才是最紧要的事！"他再三向爸妈保证，绝不会利用上课的时间，绝不影响学习。经不过他的"软磨硬泡"，爸妈终于给他买了单反相机、长焦镜头、遮光板等，然后他找来约好的同学做演员，用自己的压岁钱买来服装等其他道具，仅用三天的时间就拍摄完成了他的首部微电影《爱在鹭岛》。哪知道该作品竟然获得了厦门市中学生电脑制作活动一等奖，厦门市微拍大赛二等奖，并在台海网络电视台进行了展播，这让他高兴得手舞足蹈，对微电影的热爱也日甚一日。

中招考试过后，黄浩量整天都浸泡在电影里，几乎每天看十几部，挑选的风格，大多是青春题材、文艺片以及获奖电影。可是中考成绩一揭晓，他的考试分数却远远没有达到自己的理想。爸妈看着情绪低迷的儿子，心想："既然他对电影如此痴迷，就随他吧！"于是，趁着暑假把他送到杭州的艺校进修了一个半月的编导专业。在那里，他认识了来自杭州的高三毕业生项逸妮和潘思越，项逸妮在高二暑假时就曾有拍微电影的想法，但因多种原因没有做成。那天，黄浩量和项逸妮、潘思越三人在一块儿吃饭，他说道："我在初二时曾写过一篇小说，自我感觉很好，我想把它编写成剧本，然后拍成微电影。"项逸妮和潘思越一听马上赞成，三人一拍即合，决定将这部小说改编成剧本，合拍一部较为大型的青春题材微电影。

要拍好一部微电影，首先就要将剧本写好。为此黄浩量没少耗费时间看电影，甚至连吃晚饭的空隙他也会看上一部剧集，从影视剧中汲取"养分"，寻找创作灵感。编写剧本时，他大多用手机的写字板来创作，有时在纸上写。经过几番易稿，人物形象逐渐丰满，故事情节的冲突感也越来越强，名字就定为《迷雾青境》。

再好的剧本也需要演员的鼎力配合和投入演出，没有演员，他就在网上招募。不少人看到消息后赶过来报名，可一听说唯一的报酬只是请演员吃一顿饭，立马闪了人。最终只有七名女生，两名男生加盟剧组，这些人中，有的还正参加着暑假补习班，而几个扮演成年人的演员又要工作，整个拍摄过程，演员的时间调度成了一大难题。黄浩量就利用下午五点以后下班和放学的时间，当时节目里需要两位演员来客串，可怎么也找不到合适的，于是黄浩量就将姨妈和班主任邀了过来，在电影里客串了老师和家长的角色。

没有资金包场拍摄也没有难住黄浩量，他就地取材，需要拍摄游泳场地时，他就进免费的游泳馆；需要餐馆场景时，他躲开饭时，选非就餐时间拍摄，他还从网上淘来了人造血浆、假点滴设备、纹身贴等道具。由于拍摄器材简单，只有单反相机和补光灯，大部分时间他都是手持拍摄，那天，他和他的"团队"为了一个镜头竟然拍了 39 次，从早晨八点一直坚持到将近凌晨一点，渴了喝矿泉水，饿了吃碗泡面。

经过近 21 天的劳苦奔波，终于成功地完成了拍摄，黄浩量也顺利地走进了高中的大门。由于这部电影充满韩国风，而剧中不少角色形象，也会让人联想到许多热门的影视剧角色，一经播出，就得到了众多年轻网友的好评，2014年 12 月，《迷雾青境》作为屈指可数的未成年参赛作品，参与角逐了中国金鸡百花电影节学院奖短片大赛。

如今身处高中校园的黄浩量对未来充满信心，《迷雾青境》获奖与否不重要，重要的是给了自己青春记忆里重要的一抹颜色。梦想的桅杆已经放飞，自己目前做的就是努力学习、夯实基础，朝着梦想的方向飞去。

当你的兴趣足够浓厚，目标足够明确，意志足够坚定，毅力足够强大，很多时候潜在的困难都不算困难。

你忘记兑现的那些诺言

天蓝

朋友，可以把快乐加倍，把悲伤减半。

——马库斯.T.西塞罗

我的一个朋友，有一年连遭打击：一份可以给家人带来微薄收入的工作被老板辞掉；父母又轮番病重，将仅存的一点余款，全部交给了医院；而妻子却又在此时怀上了孩子。他一个人在困顿的夹击中，几乎无力继续支撑。

而同样从乡村出来的我，当时刚刚大学毕业，手头不仅没有丝毫的积蓄，还欠银行几万块的学费。陪他去医院看望父母的路上，除了与他说说闲话，给他一些精神上的宽慰，我几乎无力再给予他任何切实的帮助。经过一片繁华的商业街时，看着一些生活富足的人们在饭后悠闲地散步、逛街、购物，步履从未慢下来享受生活的我，便感到一阵忧伤。我对朋友说："如果我现在有两万块钱，我肯定分给你一万。"

彼时，朋友只轻轻说出一个"谢"字，便将脸别到一侧去，假装看远处的风景。我们两个人在拥挤的马路上，提着为他生病的父母和怀孕的妻子准备的鸡汤，无声无息地向前走着。我知道我无力的安慰，对于此时的朋友起不到任何实质的作用。生活继续流淌，我们所能做的只能是顺水而行。

一年后我便离开了那个城市。朋友的事业与家境慢慢开始好转。到后来，我不只可以给朋友一万块，十万块也没有问题，但我却因为这样那样的原因，而疏于跟他联络，渐渐就将曾经说过的话给完全地忘记。

许多年之后，我们无意中又开始联系到彼此。一次在聚会上，朋友喝下几杯酒后，突然就举杯站起来，朝我鞠一个躬后说："知道吗？你有一句话，一直到现在还在温暖着我。而且，会继续将我温暖下去。"我诧异，看着他微红的脸，以为他喝醉了。因为我实在不记得，我曾经说过什么样感人肺腑的话，让他十几年来还念念不忘。朋友停顿了片刻，真诚地看着我的眼睛，说："还记得吗？那年我很困顿。你说：'如果你当时有两万块钱，你就会分我一万块用。'这句话，到现在，每次想起还会将我的心结结实实地温暖着。"

我记得当时自己的脸一下子红了，我结结巴巴地说："可是……可是我并没有那样做啊。"朋友笑着回答："可是，那时同样贫穷的你，能有这份心，就已经足够让我铭记一生了。"

又想起年少的时候，有一天父母干活回来，在院子里用毛巾疲惫地擦洗着身上的污垢。我站在他们后面，看母亲时不时地直起腰来，用拳头捶一捶酸痛的后背，便觉得心疼。我走过去，用自己使不上多大劲的小手，给母亲轻轻地按摩着。我一边按摩，一边还逗父母开心，说："等我将来读完大学，挣了钱，一定给你们买最好的按摩椅，让你们累了往上一躺，不仅浑身舒适，而且很快可以睡过去，做一个烤面包一样又香又甜的好梦。"

我记得当时母亲转过身来，怜爱地帮我整整衣服，说："爸妈不累，不用你买什么东西呢。"我年少粗心，并没有看到母亲重新转过身去的时候，眼圈已经红了。

等我大学毕业之后，真的挣了钱，我却早已将那个诺言忘记，甚至因为要买房结婚，我还不得不接受父母半生攒下的积蓄。我很少买什么东西给父母，而他们每次打电话还要问我需不需要钱花，有困难的时候一定记得给爸妈说。

后来有一天，母亲与几个街坊坐在家里喝茶，聊起各自儿女小时的事情。母亲突然就迫不及待地说："我们家孩子，从小就很懂得体贴大人呢。十岁时看我们干活累了，便说将来给我们买按摩椅，到现在，每次想起他的话，我还觉得心里暖烘烘的呢。"我隔窗听着母亲语气中的自豪与幸福，想起自己毕业以来，给父母所添的丝毫不亚于读书时的麻烦，心底的愧疚像雾气一样升腾起来，一直氤氲到眼前变得模糊不清。

我们究竟欠下了朋友与家人多少这样忘记兑现的支票呢？我们又究竟许下多少说过便忘却被外人感恩记住一生的诺言？我们打下的那些白条，在岁月里发黄，又褪去了最初的颜色，却在一些人的心里，始终新鲜饱满，宛若一朵秋天的雏菊，以最动人的姿态绽放在微凉的风中。

而我们又待何时才能够真正地兑现，我们写下的一张又一张深深温暖过亲朋的支票？

我们一路走着，承载着好多人的梦想，那些安慰与鼓励，便是我们好好活着的全部意义。

刀尖划过是最钝的伤

吉安

海纳百川有容乃大，山高万仞无欲则刚。

——佚名

走廊里的声控灯，很早以前就坏了。每次走到门口，同租三室一厅的几个人都会习惯性地叹口气，在黑暗中摸索着将门打开，又重重地关上，似乎想要以此发泄对那一盏晦暗的廊灯的忿恨。楼下的小卖部里摆设了各种各样的灯泡，而且价格低廉到不过是坐一站公交的价格，但包括我在内的所有人却谁都没有想起在买泡面的时候顺手捎带一个灯泡上来。而那盏灯也就这样沉默着，一日日听我们的跺脚声，砰砰砰地响了又响。

父亲过来看我，走到门口，看见我费力地用手机里微弱的光线照明，立刻放下手里的东西，说声稍等，便下了楼。不过是几分钟的工夫，他便拿了一个灯泡上来，一声不响地安好。然后，他轻轻一击掌，昔日黯淡无光的走廊，便瞬间有了温暖通透的光亮。我站在门口，看父亲脸上淡然的微笑，便说："你可真是光明使者呢。你一来，这灯就好了。"

父亲却扭过身来，正对着我说："其实路过的每一个人都可以是光明使者呢。不过是一块五毛钱的灯泡，顺手就捎过来了。何必每次总是叹气世风日下，却始终自己不去动手呢？"

我笑着说："可不是人人都像您这样乐于助人。各人自扫门前雪，哪管他人瓦上霜。况且这还是租来的房子。而这走廊也属于公共的区域，不只我们这一层，楼上的人也都要从此经过呢。"

父亲没吱声，只拿起身边的扫帚，边一层层地扫着楼梯上丢掉的烟头、纸屑、菜叶，边哼起他惯唱的京剧。有人从他身边经过，他便停下打扫，将身子朝楼梯一侧，又朝来人笑着点一点头，表示让对方先行。而路人总是诧异地看父亲一眼，又微微地停一下，这才在父亲的笑意里，慌乱地点一下头，匆匆离去。那脚步的失措，看上去有些逃的意思。似乎，他遇到的是一个神经稍稍有点错乱的老人。

我在晚饭的时候，便抱怨于他，说何必对陌生人这样殷勤，他们指不定在心里觉得你有毛病呢。父亲呷下一口酒，道："我管不着别人心里怎么想，但我心里开心就可以啊。况且，我就不相信你给别人微笑，他还能泼你一盆冷水不成？所谓寻开心，就是这样。你不去自己主动找，它怎会自登家门？"

几日后，我翻起账本，突然想起一个借钱的熟人，彼时他信誓旦旦，说三个月后肯定一分不少地全都打到我的帐户里来，可是却已经过去两个月了，他不仅没有打钱，连一个解释的电话都没有。气愤之下，我操起电话便要质问熟人。父亲得知后却是将我拦住，说："钱既然已经借出去了，就不必再催了。"我不解，说："难道就让这笔钱这样白白地给他了不成？这样不守信用的人，你又何必跟他客气，他不仁在先，我又为何再做君子？"

父亲一声不响地拿过我的账本，将我记下的还款日期一栏啪的一道线勾掉后才说："何时你将心里那个还款的日期，也一并改成无期限的时候，就不会像现在这样气愤了；假如人家忙得忘记了，你过去一通责问，那岂不是彼此坏了感情？一笔钱丢掉不要紧，连带地连一个朋友也给弄丢了，那就得不偿失了。"

我依然心里憋闷，说："可是我觉得这个人根本就是故意忘记的。我刚刚听说他借过别人的钱，每次别人一催，他就推说下个月还。结果是几个月过去了，还是没有丝毫要还的迹象。"

父亲依然不紧不慢地喝一口茶，道："如果他真是一个常占便宜的人，那你这钱丢了也没有关系。能够用钱测出一个人的深浅，并在以后的路上尽可能地远离这样的人，不是更好吗？况且，如果他不打算还你，你再怎样地催促，也是得不到这笔钱的。不如心中先自放下,这样轻松的是你。而他,则会在你的安静里,心里有小小的失落与不安。”

隔着十几年的光阴看过去,我第一次发觉:硕士毕业的我从书本中得到的那些东西,在没有读过几本书的父亲面前,原来是如此苍白无力。人生中一切矛盾的化解,并不是拿尖锐的刀子划过,而是那最素朴最温暖的轻轻一放。

很多时候我们其实都是盲目的,不明白其中的深意,那些父辈教会我们的东西是那样的弥足珍贵,比如我们要善良,再比如,我们要做一个内心柔软宽容的人。

爆竹人生

杨张光

使人做自己行为举止的最严厉的评判者的力量是什么?是良心,他成为行为和理智的捍卫者。

——苏霍姆林斯基

四十年前,木易六岁。

那年春节,小村子里格外喜庆,天上烟花闪耀,鞭炮声连连。全家嬉笑热闹,木易也特别高兴。

看着飞上天散落的烟火,木易很是羡慕;那爆竹炸开的七色火花漂亮极了,像童话里天使的裙子……

第二天,木易拿着姥姥给的压岁钱去村头的商店买爆竹,买烟花。

商店的老板是一位年过七旬的老人,慈祥极了,问:

“小家伙,你买什么?”

木易很开心地大声说:“杨爷爷,我想买爆竹玩。”

老板撇下嘴唇做出严肃的样子,郑重其事地警醒木易:

“小孩子不能玩爆竹,会伤到自己的,听到没?伤到自己就不好了,还要花钱去医院打针。”

木易有点气馁,但怕打针,便转身不再要买。

回去的路上木易看到有人玩鞭炮就对他们说:“会伤人的,伤到了要打针,不要玩了。”

四十年后,木易成了一所名牌大学的伦理学教授。

四十年前,我六岁。

那年春节,小村子里格外喜庆,天上烟花闪耀,鞭炮声连连。全家嬉笑欢快,我也特别高兴。

看着飞上天散落的烟火,我很是羡慕;那爆竹炸开的七色火花漂亮极了,像童话里天使的裙子……

第二天,我拿着姥姥给的压岁钱去村头的商店买爆竹,买烟花。

商店的老板是一位年轻的阿姨,漂亮极了,问:

"小东西,你买什么?"

我很开心地大声说:"李阿姨,我想买爆竹玩。"

老板扬起嘴尖微笑着拿出一条包装精美的东西对我细细介绍:"这个爆竹最好了,能发出笛子的声音,特别好听,特别好玩。炸开的烟火五颜六色,像极了我衣服上的绣花,你看,美不美呀?"

当天,我炸伤了我的右眼,拖着满脸是血的身子送到医院做手术。最后救回了命,但少了只眼睛。父母在我的病床前哭得昏天黑地。

四十年后,我还没有媳妇儿,成了村里年纪最大的光棍儿。

孩子是祖国的花朵,是正要茁壮成长的树苗,我们应给予正确的引导和教育,而不是为了自己的一己私利,毁了一个人。因为,孩子是没有明辨力的。

两枚丢失的硬币

一路开花

一个人并不是生来要给打败的。你尽可以消灭他，可就是打不败他。

——海明威

这是童年时候的一种游戏。那时的硬币以五分和一角居多。我们事先约定，各出几枚硬币，然后用石头剪刀布决定谁先上场。

这时躺在地上的硬币，全都是正面或者反面，你得用手里的硬币去砸，有任何一个硬币跳起来翻转成另一面，那你就算赢，这枚硬币也就理所应当归你所有。如果硬币没有翻转，那就轮到下一位上场，如此交替。

我比弟弟大一岁半，他力气自然比我小得多，可也因此，他每次都玩得特别卖力。

我记得那是一个清冷的春天。姑父从国外出差回来，给我们带了一堆礼物。我和弟弟坐在地板上抢夺各自的战利品，吵得不可开交。

就在这时，姑父从兜里掏出了两样东西，神神秘秘地在我和弟弟眼前晃了一晃。我没看清，但特别好奇，抓着姑父的手又蹦又跳。

闹了一会儿，姑父终于把手松开。我和弟弟开心极了，因为姑父手里躺着的，是两枚我们从来没有见过的硬币。

铜色的光泽，上面镌刻着陌生的文字和人头。放在手里，有种沉甸甸的感觉。

有了这两枚硬币之后，我和弟弟不再内战。因为这枚神奇的外国硬币，总是很容易把五分和一毛的中国硬币砸得跳起来。

于是，我们邀约更多的小伙伴来家里玩。那段时间，我们特别开心，赢了很多硬币，每天晚上都坐在床上数各自的战绩。

后来，其中一个不服输的小伙伴找了一个大个子，大个子念六年级，据说读了很多书，脑子特别聪明。他说我们之所以很容易把其他硬币砸起来，无非是因为我们手里的硬币比其他硬币重。

他说他也有很厉害的硬币，要跟我们比一比，赢了，他的硬币归我们；输了，我们的硬币归他。

我和弟弟窃窃私语了几分钟，最终决定跟他赌一把。两个打一个，我们的胜算可大多了。

说完之后，他从兜里掏出了两枚民国时期流通的袁大头。他的这枚袁大头简直就是我们外国硬币的克星。

在那个清冷的春日午后，大个子赢走了我们所有的中国硬币。最后，他把袁大头放在地上说："来吧，最后堵一把，要是你们俩能把这个袁大头砸成另一面，那我就把这枚袁大头还有所有的硬币都给你们，如果你们不行，那你们就把手里的外国硬币给我。"

我让弟弟先上场。他双手合十，面目凝重地把硬币放在掌心里，像是祈祷，嘴皮咕噜咕噜动了一阵儿后，忽然从地上跳起来，狠狠地把手里的硬币砸向了袁大头。

咣！袁大头被砸得抬起了一角，可又马上贴回了地板上。

弟弟坐在地板上，哇哇大哭。他不但输掉了所有中国硬币，连那枚即将成为大个子囊中之物的外国硬币也因太过用力，不知甩到了哪里。

大个子机智地对我说："来，该你了，你们刚才差点就赢了，这次你站你弟刚才的位置，他怎么做，你就怎么做，肯定能找到那枚硬币。"

我听了，觉得有道理，便学着弟弟的样子，把硬币放在掌心，双手合十，闭着眼睛，把知道的不知道的漫天神佛都念了一遍，祈求他们保佑，然后忽地跳起来，朝着袁大头奋力一击。

那真是个倒霉的春天。我和弟弟不但输了所有硬币，还把最后的两枚给弄丢了。大个子说我们输了，硬币该归他所有，于是，他把沙发和柜子都拖开找了个遍。结果，还是一无所获。

我和弟弟难过了很长一段日子。接着，还没来得及开心，他就走丢了。一丢，便是二十年。母亲走遍了所有能去的地方，流尽了半生眼泪。

前些日子，老屋翻新，撤走了家中所有物件。这才看到，阴暗的墙角小洞里，赫然长着一株野草。我伸手拔起草根，听到了金属碰撞的声响。

趴在地上，用手机打一束光——暗黑的缝隙里，两枚布满铜绿的硬币，安静地躺在一起。

靠在冰凉的地板上，平静的心湖下起了瓢泼大雨，那些哭的笑的甜的酸的记忆，像骤然降落的雨点，在被时光平息过的脑海中，掀起滔天巨浪。

这同样是个春天，万物复苏。

这一年的春天，我刚好 27 岁。如果弟弟尚在人世，他应该是 25 岁半。

硬币丢了还能找回来，可是丢了的弟弟再也找不回来了。借着童年和弟弟在一起的游戏，抒发了作者对弟弟的思念之情。“姐妹连肝胆，兄弟同骨肉”，这种心连心的感情是令人难以忘却的。

不信人间耳尽聋

秦若邻

如果整个世界是公正的话，勇气就没有必要存在了。

——普鲁塔克

“竹林七贤”之一的阮籍，生在魏晋乱世，举目皆是令人惊心的鲜血和头颅，偏偏他又是个心中充满历史感与文化感的文人，他的内心承受着巨大的伤痛。

阮籍痛苦的时候，就一个人驾着破旧的马车游荡。车上载着酒，在泥泞的路上颠簸。马突然停下了，阮籍一看，前面真的没有路了。他问自己：真的无路可走了吗？他的眼泪夺眶而出。

他胸中的愤懑之气突然涌向喉头，他长长一吐，变成一种尖利、高亢入云的啸声。

这样尖利的啸声，携着他的痛苦，在山风暮霭之间缭绕，腾挪翻转。他想寻找一双能够听见他痛苦呐喊的耳朵。

他不信人间耳尽聋。他在无路可走之时，一次一次，吟啸复吟啸。

痛苦的阮籍，让我想起了痛苦的鲁迅。

阮籍在之后的许多年，又逢一个乱世，有一个名叫鲁迅的人与阮籍不谋而合地发出了呐喊之声：“人生最苦痛的，莫过于梦醒了无路可走！”

无路可走的时候，阮籍选择了悲怆的吟啸；而鲁迅，选择了痛楚的呐喊。

不到十岁的鲁迅，不，那时他还不叫鲁迅，也不叫周树人，他叫周樟寿。因为父亲生病，小小的他经常出入当铺和药店之间。药店的柜台跟他一般高，而当铺的柜台却比他高出一倍。他吃力地把几件衣服或首饰送进当铺里，在轻蔑的眼神里接出一点钱，再跑到药店给父亲买药。如此熬过漫长的几年，家里已经无东西可当，父亲也撒手归西。

贫寒没有阻挡孩子奋发的脚步，终于在21岁时考取了官费留日生，去日本留学学医，目的是为了救治像父亲那样的病人，使中国人摆脱“东亚病夫”的帽子。作为一位弱国国民在日本读书，他受尽了歧视，就连解剖学他考了个“59.3分”，都被怀疑是老师泄了题给他。

他偶然一次在一部纪录片电影里看到日本人砍杀中国人示众的镜头，那些围着看热闹的中国人，个个有着强壮的体格，可是看着同胞被砍头却显出完全麻木的神情。他悚然发觉，此时学医是无意义的，精神的愚弱比肉体的虚弱更可怕。凡是愚弱的国民，即使体格如何健壮，也只能做毫无意义的示众材料和看客。所以第一要务，就是要改变他们精神，而善于改变精神的，是文艺。

回国之后，面对黑暗而麻木的一切，他深深地痛苦，他独自住在北平绍兴县馆久无人居的屋子里，久无人居是因为院子里的槐树上曾经自缢过一个女人。他却一个人住了进去，夏夜苦闷的时候，他常常坐在那棵缢死过女人的槐树下，从密密的枝叶缝隙里看那被切割成小块的浑濛天空，间或还有肉乎乎的槐蚕凉冰冰地落在头颈上。

在他看来，缢死的女人魂灵并不可怖，可怖的是周遭的黑暗与麻木。

他觉得自己的四周是一间绝无窗户又万难破毁的铁屋子，里面有许多昏睡的人们，不久就要闷死了，然而他们却浑然不觉。所以，他要呐喊、呐喊，哪怕喊醒了有限的几个人，也许就有了毁坏这铁屋子的希望。

所以，他积极为钱玄同等人创办的《新青年》杂志写稿，以期以笔为喉，用文艺唤醒愚弱昏睡的国民，他声嘶力竭地呐喊、呐喊……

他有限的时间和生命，几乎完全用在了用笔呐喊上，日常生活简至不能再简——虽然夜间熬夜写作，饭菜也只是一两样普通蔬菜。很少吃鱼，因为他认为鱼的细骨太多，吃起来太费时，时间浪费在这上面太可惜了。常常写作到凌晨两三点才休息，而且常常是衣裳不脱就这样睡两三个小时，然后醒来抽根烟喝杯茶，继续写作。《呐喊》里的许多小说他就是这样完成的，《狂人日记》、

《药》、《阿Q正传》、《风波》、《明天》……他认为写小说是不能断的，一断，人物的气就会接不上来。

是的，物质的简陋对于他不算什么，但要让这样一位“我以我血荐轩辕”的人去忍受精神上的贫乏，是万万不可。那是一种更为深重的心灵磨折，比物质匮乏的折磨深重得多。

他呐喊着，浩茫心事连广宇；他呐喊着，怒向刀丛觅小诗；他呐喊着，血沃中原肥劲草；他呐喊着，在《药》里瑜儿的坟上添一个花环；他呐喊着，在孔乙己的断腿上凝聚一丝怜悯的目光……

从他呐喊得日渐嘶哑的喉咙，往下看，看到了一颗心，一颗永远鲜活着的痛苦而悲悯的心。

鲁迅先生在日本留学的时候便提出“民族劣根性”一词，然后毅然回国踏上救亡的道路。现在来看，一个人的力量虽然有限，但依然可以唤醒沉睡的人们，一传十，十传百，总会收到效果。所以，我们社会依然缺少这样敢于呐喊的人。

走近女儿国

叶浅韵

最广阔,最仁慈的避难所是大自然。——莫罗阿

曾有一段日子,铺天盖地的杂志媒体像发现了一个新大陆,一个叫杨二车娜姆的摩梭族女孩从大山深处走来,向世界掀开了一角裙裾。一个与众不同的民族——摩梭族,一个美丽绝伦的湖泊——泸沽湖,惊现在世人面前。他们戴着面纱,神秘地站在那里,保存完整的母系家庭对外界充满了原始的诱惑。不等他们莲步轻移,满世界就欢呼而上。

汽车在崇山峻岭之间颠簸,山路弯弯折上折,一惊之后一险来。时时都有前面路面坍塌的报告,然而这些都阻止不了一群人热衷的向往。六个小时之后,小心翼翼的心像白鸽一样被放飞了。

人们兴奋地从旅游大巴上下来,见识了西湖大家闺秀的范儿,眼前突现一泓小家碧玉精巧灵秀的湖泊,顿时有些惊为天人的绝美。它以一副"养在深闺无人识"的婉约,以一副"北方有佳人"的倾国倾城貌让人措手不及,狠不得立刻揽入怀中,"从此君王不早朝"。

清澈的湖面没有一丝污染过的痕迹,湖水清冽见底,能清楚地看到小鱼儿们游乐的身影,一群群,一排排,叫不上名字来,却能深切地感受着它们的快乐。湖岸边的小石头被湖水冲洗得很干净,细细碎碎,如米粒般大小,随手抓起一把,心中喜悦顿生。把鞋子脱了,尽情与在水里嬉戏奔跑着。亲近着感动着这些最原始最自然的美丽风光,久久不想离去,好想在这里建一间小屋,

过着打渔守猎的生活，在天地湖水之间慢慢终老。

这是一个滋生浪漫的地方，湖岸边的两棵树亲密地挨在一起，共迎风霜雨露，它们被称为情人树。湖面上开着的白色小花，叫水性阳花。因此花只开在阳光下而得名，没有太阳的时候，花瓣就紧紧地包裹起来。两棵遥遥相望的树，叫做走婚树。似乎天地万物的命名都与摩梭人走婚的民族习俗紧密联系着，让人幻想，让人留恋。

同行的导游是个摩梭族的小伙子，头发略微卷曲，皮肤轻度黝黑，朴实淳厚的好孩子模样。他把我们直接领到了他的家里，让我们感受最真实的摩梭人的生活。在杨二车娜姆的笔下，许多人都会认为他们是一个太自由的民族，可以随便和别人走婚。事实上，当我慢慢地同当地的艄公或是年老的人交流，了解他们的民族习俗之后，发现事实的真相竟然是大相径庭。

摩梭人在十三岁的时候行成人礼，男孩子可以腰上佩刀，女孩子有了自己的花房。成人以后的男孩可以同自己心仪的女孩走婚，生下的孩子都跟舅舅。即使是将来不在一起了，也不存在分割财产，抚养孩子的问题。他们的走婚是自由的爱情，不以物质为基础，但同样受本民族传统道德的约束。没有孩子之前，你走婚几次都不会受到任何质疑，但一个阶段内也只能同一个女孩子走婚。爱情的纯洁，在任何一个民族那里都受到同样的礼遇。

划船的艄公很有趣，爱说话，爱唱歌。问他走过多少婚，在游客的一阵欢笑声中，他大方直言说走过四个，现在这个是固定的阿夏(情人)。其实，当走进云南的一些少数民族村寨里，会发现他们确定婚姻关系的过程是非常人性化的，并不以贞洁或是物质作为衡量的尺度，只讲情感与和谐。在我们称之为爱情的天堂里，他们一直是坐上宾。

祖母是摩梭人至高无上的权利代表，房屋正中的那一间就是祖母屋，它是一个家庭生活的中心。祖母屋里有两根柱子，一根是男柱，一根是女柱。三道错着开的门，并不在一条直线上。第一道是大门、第二道是祖母房门、第三

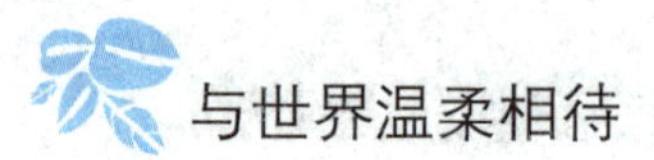

道是生死门。我们从第一道大门走进去,在祖母门前驻足观望,听这个叫扎西的小伙子给我们讲解他们的民族习俗。第三道门神秘地紧闭着,摩梭人出生和死亡都从这道门走出的,摩梭女人生孩子在这里面,摩梭人死了也在这里面,逝去的人要双手抱膝,作胎儿在母腹状,让他(她)回归自然,象征着生死轮回。

摩梭人一个庞大的家庭都很团结,没了婆媳、姑嫂、妯娌的复杂关系,一家人亲密无间,所有的收入交由祖母支配。祖母的火塘里燃着的永不熄灭的火焰,那是摩梭人的希望,是他们心中的图腾。

一直感叹杨二车娜姆的勇敢,她从那九十九座山的背后走出来了,成就了自己的辉煌,实现了自己的价值,也让世界知道了摩梭人,她无愧于是摩梭人的文化大使。她的家门口赫然写着"摩梭文化大使杨二车娜姆的家",我们前去拜访,并同她的阿舅合了影,屋内还出售她的两本著作。杨二的人生宣言"长得漂亮不如活得漂亮"一直是我最喜欢的,洒脱得如同她毫不做作的笑靥,哪怕她被称为红花教主的那些别在头上的红花,在我看来也是自然的,如同风吹过泸沽湖面时的涟漪,别致美丽。

提起杨二,无论是导游还是当地的居民,对杨二都颇有微词,摇头说她伤风败俗,一点不羡慕倒有些不齿之感。指责说她怎么能同外国人去走婚呢?并不以她而作为他们本民族的骄傲。对于一个民族沉积下来的一些习惯或是看法,我不好去评说什么。每个人的心中自有一把尺子去度量深浅,杨二有她自己的生活方式,她的父老乡亲们也有自己的生活方式。但有一点应该记住,没有杨二,就没有泸沽湖今天的旅游热。

泸沽湖的日出很美,湖光山色间,一轮红日从山的那边落进了湖面,在云层的簇拥下,惊艳无比。西山的顶上,居然还挂着一轮明月,日月相辉的画面,恰好挂在两颗树梢,美丽之极。猪槽船载着游客划过湖面,一片动人的美景入镜来,随手抓拍都有无可挑剔的美。这是一个让人忍不住想唱歌的地方,游客们在艄公的带领下,纷纷对歌,湖面一派清脆响亮的歌声响起,多么美丽的早晨啊。

夜晚的泸沽湖很静，静得想找一个人犯些美丽的错误，黑暗笼罩着的神秘，让人思绪翩翩。时起时伏的歌声传来，细听，正是阿哥阿妹对歌来，又一个美妙的爱情诞生了。

摩梭人的酥梨麻酒还在我舌尖上回荡着香醇，我就要匆匆地与泸沽湖说再见了，忍不住又一次回头去看看她美丽的身影，是晴是雨都是那么的天然美妙。泸沽湖也许就是仙女眼中掉下的最后一滴泪，晶莹纯洁，坚定而决绝地落在高原上，化作无暇的明珠，照耀着南来北往的寂寞和相思。

世间真正的美景，大抵都应如这般，总能留下非比寻常的悸动，并一直搁浅。每想起一次，就感动一次，或者产生感悟，甚至是伤怀。伤怀的原因大抵是，这美景只能惊鸿一瞥，而不能再次重现。更不能用人为的方式，运用机械器材将其永远收录在身边，这是妄想，大自然的伟大就在于此。

成功者的“鸡汤”没大用

陈鲁民

平凡才是唯一的答案。——朴树

无论古今中外，成功者都以为自己手握真理，特别爱煲“心灵鸡汤”。

不过，成功者的心灵鸡汤，即他们的经验体会、成功诀窍、人生感悟、励志名言，却未必对我们每个人都有用。毕竟，世上没有两片完全相同的树叶；心灵鸡汤对于不同个体可能将变得淡如白水。

华人首富李嘉诚是煲心灵鸡汤的大户与高手，记录他励志名言与成功经历的书有多种版本，且一直都很畅销。这些名言都好理解，做起来也未必有多难，有信心、敢拼搏、能敬业、善惜时的人数不胜数，可是到目前为止，在财富塔尖上长袖善舞的也还只有一个李嘉诚。白手起家的俞敏洪，把“新东方”做得风生水起、中外闻名，创造了商界、学界一个奇迹。他在电视节目里、博客里、报刊人物专访里、个人传记里……盛煲心灵鸡汤。听过俞敏洪演讲的人有数以万计，看过他的励志书的人会更多，但尚无人复制过他的辉煌。

创建阿里巴巴集团的马云，也是励志名言满天飞，心灵鸡汤遍地是。如“看见 10 只兔子，你只能抓一只，抓多了，什么都会丢掉”、“发令枪一响，你没时间看你的对手是怎么跑的。只有明天是我们的竞争对手”、“如果早起的那只鸟没有吃到虫子，那就会被别的鸟吃掉”。

但马云又说：“当你成功时，你说的所有话都是真理。”除了成功的企业家，还有成功的政治家、艺术家、科学家、学问家，他们的心灵鸡汤，虽风格不同,语言各异,但其精神内核几乎一致:志向远大,坚持不懈,善抓机遇,方向正确,方法得当。这些话看似简单,做起来不易,即使为之付出终生努力也不一定奏效,因而,能坚持践行的寥寥无几。

是故,依我之见,名人的心灵鸡汤能养人,也能误人;说其全没用,不是事实,说其有大用,也不合实际。如果相信它是十全大补,喝了就一定能成功,成为第二个李嘉诚、俞敏洪、马云,那就会误人;如果不迷信它,随意读读,受点启发,像萝卜、白菜一样吃下,则能养人。

另外,人生固然渴望成功,但成功不是唯一目标。只要我们活得愉快、幸福、有价值,未必一定要把自己绑在成功的战车上,让未见有用的心灵鸡汤把我们灌得胃满肚胀。

生活是件很随性的事情,走到生命的哪一个阶段,就应该干哪样的事情。不是每一个人都要荣华富贵尽享,平凡才是唯一的答案。所以,每个人都需要乐观的好好活,但不是每个人都一定需要用鸡汤来教化!

小小的善

张亚凌

勿以恶小而为之，勿以善小而不为。——老子

我从不拒绝小小的善，用心收藏，或尽力去做。

老人一定要穿着长衫才肯出门做客。说是做客，其实老人连配角也算不上。老人在广场看各种活动时结识了个同样来自乡下的老姊妹，老姊妹的孙子结婚，此前闲聊时多次邀请老人到时候一定要来参加。用老姊妹的话说，叫他们看看，我老婆子，在这个城里也有朋友。

很热很热的天，别人穿短袖还觉得热得受不了，老人却执意要穿长衫。被儿子逼问得实在不行了，老人才解释说："看我的胳膊，松松垮垮的，全是老年斑，谁看了都不舒服。挨着人家，人家随便一瞥，都影响吃饭的心情，就得遮住。"

看着八十五岁的老人，八十五岁没进过一天学堂不会写一个字的老人，我突然觉得，用善念加固心堤远比用知识点缀更重要。

暑期某天的黄昏，小城接近郊区的地方发生了一起交通事故。一位老人骑着自行车带着三岁的孙子兜风，一辆卡车飞驰而过。孙子被摔进冬青丛中，老人内出血当场就没了呼吸。

当时只有一个做路面保洁的大婶在场。她跑过去先抱起哇哇大哭的小孩，安慰他。当小孩问起爷爷，大婶说："你爷爷睡着了，醒来就带你回去。"而后才小心翼翼地和孩子说话，询问出了一点信息。

面对突如其来的灾难，大婶的可敬在于避免用"死"这个残酷的事实惊

吓孩子。

——所有带有人性光辉的举动,都滋生于善的土壤。

朋友说起孩子两岁时买棒棒糖的情形,至今仍是满脸幸福。孩子挑来挑去,最后竟然挑中柜台上放着的一个扁平的棒棒糖。店主说这个不行,坏了。孩子却显得很固执,说我就要这个,这个不是圆的,——圆的不好看。

孩子的固执让店主很为难。店主笑笑,拿起一个棒棒糖,放在地上,示意孩子看着,然后一脚踩上去,对孩子说:“瞧,就是这样叫人用臭脚踩扁的。”孩子才不要了。

店主是很可爱的,因为坦诚,因为坦诚而被我牢牢记住。

——坦诚的源头就是善!

高速公路服务区的洗手间。我正在洗手,一个老人靠近了我,神色显得很不好意思,她小声问,娃,这里没有拉的,也没有按的,咋办?我笑着说,地上那个黑疙瘩,脚一踩,就冲下去了。老人返回厕所间,我听到了水声。

没有清洁人员的监督,独立的厕所间,一走出去,谁也不能证明那是你制造的不方便。不会处理完全可以转身离开。可老人,真的让我很感动。

——做好自己该做的,就是一种善。

菜摊上,当那个女孩子被告知二十一块八时,她显得有点尴尬。她说,我只带了二十块,没想到会这么多。在她犹豫着放下什么菜时,我递过去两块钱。不够买半碗饭的两块钱,却让她连说谢谢。

不拒绝收藏,竭力去做,善的细流,定将汇聚成爱的海洋。

善良是品质,是德行,是生命之花开遍,芳香四溢。每个人都需要行善,以此来结识生命中更多的善,每个人的善良汇聚起来,世界就是爱的海洋。

最美的人

叶浅韵

嫉妒是心灵上的肿瘤。——艾青

我对一个女人的嫉妒缘于我十岁的儿子，他今年上五年级了，从一年级开始，每当有人问他世界上最美的女人是谁的时候，他总是毫不犹豫地回答，我们刘老师！这五年中，他从未改变过他对审美的看法，一直觉得他的班主任刘老师是全世界最美的女人。

刘老师的话在我儿子的心中有异常的份量，堪比皇帝的圣旨，他务必要遵守。甚至刘老师的卷发和裙子，他都十分关注。有次，我把头发烫卷了，他高兴地说，妈妈，这下，你快要赶上我们刘老师了。我假装生气，他就说，妈妈也很美，你们并列第一。

刘老师是江苏徐州人，因随军转业来到云南宣威。她接手一年级时，很多家长都选择了有口碑的名师，我接受当时校长的建议让孩子在刘老师这个班。没想到，我这一决定，后来成了很多家长羡慕的英明决定。

开家长会时，她说不要求每一个孩子都出类拔萃，但必须一生保持积极向上的心，她不会放弃任何一个孩子。而且她一直是这样践行的，班上有个智障的孩子，她付出很多精力尽可能让他多懂些。她还叮嘱班上的孩子帮助他，不准欺负和嘲笑他。

有一次，我问儿子，刘老师喜欢你吗？他坚定地回答，当然喜欢，因为我们刘老师说了，她喜欢我们班每一个小朋友的。难怪，在去年刘老师的父亲生病时，她几次离开，都让孩子们心心念念地盼着想着。儿子天天催促我，赶紧打电话发短信，问问刘老师的父亲好些了没有，她是否要回来了。

那时，孩子们多盼望刘老师赶紧回来，学校换了一个又一个老师，终是镇不住这班淘神的孩子。他们以各种方式排斥和拒绝着别的老师，在他们的心中，谁也不能取代刘老师。我每天从儿子放学回来的叙述中知道了问题的严重性，他说班上有许多比他更想念刘老师的同学，并举例说很多女同学说着说着就要流眼泪了。

我慎重地问儿子，你爱刘老师吗？他说，爱！我告诉他，若是真爱刘老师，在这种时候就应该别让刘老师操心，每一个老师都能给他们传授知识，唯有把学习搞好了，刘老师才能安心才能开心。这样，她才能潜心照顾老人，等老人好了，刘老师就很快回来了。

第二天回来，儿子高兴地说，他已经向他们班的很多同学说了妈妈的意思，他们知道应该怎么样爱刘老师了。曾经，一个当老师的姐姐带初二班时，她因故辞职了，因为学生太喜欢她的缘故，居然没有谁再能把这个班级管理妥善。姐姐多年后还后悔她当初的决定，认为是自己害了那一个班的学生。

我很害怕那一种结局，所以每天都要和他交流，在他的言谈中去了解孩子们心灵的动向。如果错失了矫正的机会，我想就是做一个家长的失职，我绝不容许这样的事情发生。

终于，刘老师回来了，全班同学像是见到久别的妈妈那样，恨不得个个扑在她的怀里撒娇狂欢，喜极而泣！

我高悬着的心也终于可以踏实地放下了，仿佛刘老师的归来，给了我某种心灵上的安全。我和我的孩子都习惯了在她营造的宁静港湾里学习和生活，我放养着我的孩子，她在属于她的圈里塑造着他们的成长。

在优秀和快乐之间，我向来选择后者，而在成人和成绩面前，我永远只选择前者。出类拔萃的人必定只是一个集体中的少数,天资历来有所差异,只要你努力了,你就是最好的!我一直以这样的方式要求我的孩子,把品德和态度放在他成长的显眼位置。

我很感谢孩子遇上这样的好老师,这是一种幸运,也是一种福气。在很多孩子的眼里,妈妈必然是世界上最美的人,而面对我儿子一直的坚定时,我不能说我没有一点嫉妒之心。这种带着娇嗔的嫉妒中却又饱含着无限的欢喜,我十万分的愿意输给刘老师。

嫉妒之心,人人有之。想获得别人的认同,想获得满足感,无可厚非。嫉妒的力量应该是催人奋进的力量,因此我们应该做一个大度的人。极端自私的嫉妒是不可取的。